目录
CONTENTS

百万英镑

我二十七岁时，是一个采矿经纪公司的职员，对于股票交易无所不知。我在世上孤身一人，只有依靠自己的机智和纯洁的名声。而这些东西又正把我送上最终通往好运的路上，我对未来十分满意。

每个礼拜六下午的董事会结束以后，时间就是我的了，这时我爱坐着一艘小帆船去海湾漂游。有一天我冒险漂得太远了，以致进入了大海。就在黄昏时分我快要绝望时，被一艘驶向伦敦的小方帆双桅船救起。那是一次漫长的航行，一路暴风雨不断。他们让我做一名没有薪水的普通水手，以便支付旅费。在伦敦上岸时，我衣衫褴褛，寒酸极了，衣兜里只剩下一美元。这点钱只够我一天的食宿费用，第二天我便没有吃的，也没住的地方了。

之后的那天上午大约十点钟，我又饥又渴，拖着衣衫褴褛的身躯沿着波特兰街走去，这时一个小孩由保姆领着路过，把一个只咬了一口的美味诱人的大梨丢进沟里。显然，我停住了脚步，充满渴望的眼睛直盯住那个泥糊糊的宝贝。我垂涎欲滴，肚子渴望着得到它，我的整个生命都在恳求得到它。但每一次我朝它靠近，一双路过的眼睛都会发觉我的用意，于是我自然也就站直了身子，装出若无其事的样子，装出对那只梨根本不屑一顾。这种情况一连发生了好几次，让我无法弄到那只梨。我正要铤而走险，不顾耻辱去抓梨时，身后的一扇窗户打开了，一位绅士从那儿对我说：

“请你到里面来。”

有个穿号衣的漂亮仆人把我领进一个豪华房间，里面坐着两位年老的绅士。他们把仆人打发出去，让我坐下。他们刚用过早餐，一见桌上的残菜余汤我就几乎受不了。面对那些食物我差点失去理智，但我不是被叫来品尝食物的，所以得尽量忍受一次痛苦。

瞧，刚才一直发生着某件事情，但直到好多天以后我才知道。不过，现在就让我告诉你吧。那两位年老的兄弟数天前曾激烈争论着一个问题，最后决定通过打赌来决定胜负——英国人处理一切事情都采用这种方法。

你记得吧，英格兰银行曾经发行过两张百万英镑的钞票，专门供政府在同某个外国的交易中使用。由于某种原因只有一张被用过、注销了，另一张还存放在银行的金库里。唔，两个兄弟闲谈着，忽然对这种情况感到好奇起来：一个诚实机智的外国人漂流到了英国，一个朋友也没有，身上只有那么一张百万英镑的钞票，又无法说清他是怎么得来的。兄弟A说这个陌生人会饿死，兄弟B说不会。兄弟A说他不管在银行还是任何别的地方都无法用这笔钱，因为会被当场逮捕。兄弟俩就这样争论不休，最后兄弟B说，不管怎样，陌生人会凭着那百万英镑生活一个月，而不会被关进监狱，他为此愿拿两万英镑来打赌。兄弟A同意打这个赌。兄弟B便去银行用现金换来了那张百万英镑的钞票。英国人都是这样，你知道，凡事都要寻根究底。然后他口述了一封信，由秘书用优美圆润的字迹写下来，然后两兄弟就坐在窗边守候了整整一天，寻找合适的人，以便把百万英镑钞票给他。

他们看见许多显得诚实但却不够机智的面孔过去，又看见许多显得机智但却不够诚实的面孔。还有许多既诚实又机智的面孔，但那些人要么不够贫穷，要么又不是外国人。在我走过去以前，他们看到的人总是有不太满意的地方，一见到我之后便认为我是最合适的人选了，所以他们就一致选上了我。瞧，我现在正在这儿等着知道为什么要被叫去呢。他们开始向我提问题，不久便了解到我的情况。最后他们说我符合他们的意图。我说我真的非常高兴，问他们要我做什么。这时其中一位递给我一个信封，说我会在里面找到解释的。我正要打开，但他说不行，让我带回住处去，仔仔细细看清楚，不用仓促性急。我摸不着头脑，要进一步再谈谈这事，可是他们不愿意。所以我只好离开了，感觉受到了侮辱和伤害，因为他们实际上显然在拿我开什么玩笑，然而我又不得不忍耐着，因为侮辱我的是两个有钱有势的人，我怎么能表示怨恨呢。

我本来会当着众人的面拾起那只梨吃了，可是现在它已经不翼而飞。由于这件倒霉事我失掉了那只梨，我对那两个人又怨恨起来。那座房子刚从我眼前消失，我就打开信封，发现里面竟然装着钱！于是我对那两个人的看法改变了，告诉你吧！我一刻也不停留，立即把钞票塞进内衣口袋里，然后直奔最近的廉价餐馆而去。啊，我是怎样饱餐了一顿呀！等再也吃不下去时，我取出钱来把它打开，刚看一眼几乎晕了过去。相当于五百万美元哪！哎呀，我脑袋都发晕了。

足足有一分钟时间，我一定是坐在那儿不知所措，惊愕地看着那张钞票，之后神志才恢复正常。这时我首先注意到的就是那个店主。他简直发呆了，两眼盯在钞票上。他整个身心都充满了崇敬，但就是显得呆若木鸡。片刻后我采取行动，做了唯一合乎情理的事。我把钞票递给他，满不在乎地说：

“请找钱给我。”

这时他才恢复了常态，千道歉万道歉，说自己无法兑开那张钞票。他目不转睛地盯着它，好像看不够似的，怎么也控制不住自己渴望的眼睛；不过他没去碰它，好像它是某种非常神圣的东西，粗陋的凡人怎么能碰呢。

我说："很抱歉给你带来不便，不过我只能这样。请找钱吧，我就这一张钞票呢。"

但是他说一点关系也没有，他很愿意把这件区区小事放到以后再说。我说也许好长时间内我都不会再到他这里来了。但是他说这无关紧要，他可以等待，再者我随时想要什么都可以过来，随我赊多久账都行。他说，他不会担心信赖我这样一位富裕的先生，就因为我是一个快活乐观的人，竟然在衣着上当着众人的面开玩笑。这时另一个顾客走了进来，店主暗示我把那张怪物收起来。然后他一路点头哈腰把我送到门口，我便径直朝那两兄弟住的房子走去，好在警察逮捕我之前纠正所犯的错误，以免错上加错。我非常紧张不安，事实上恐惧极了，尽管这显然绝不是我的错。不过我对人太了解了，知道他们把一张百万英镑的钞票误当作一英镑送给一个流浪汉时，会对他大发雷霆，而不会责怪自己有眼无珠——他们本应该如此。我走进那座房子时便不那么紧张了，因为那儿一切都很平静，我十分确信他们还没发现大错。我按响门铃。开门的还是那个仆人。我要求见那两位绅士。

"他们走了。"仆人说话就是那么高傲，冷漠。

"走了？去哪儿了？"

"旅行。"

"去哪儿旅行了？"

"去欧洲大陆吧。"

"欧洲大陆？"

“对，先生。”

“往哪条路——哪条航线去的？”

“我不知道，先生。”

“他们啥时候回来？”

“说是一个月后。”

“一个月！啊，太糟糕了！帮我想想办法给他们捎个信。这件事至关重要。”

“我真的没办法，压根儿不知道他们去哪儿了，先生。”

“那么我得见见他们家里的什么人。”

“他们家里的人也都走了，已经去国外几个月了——我想是去的埃及和印度吧。”

“伙计，出了一个天大的错误呀。不到天黑他们就会回来的。你对他们说我来过这儿好吗？说我还要三番五次来这里，直到把事情处理好为止，让他们不用担心。”

“假如他们回来，我会把话带到的，不过我想他们并不会回来。他们说过你一小时后就会回来问些事情，让我告诉你一切都没错，他们会按时回来等你。”

于是我只好不再询问，就这么离开了。这是怎样一个难解之谜啊！我可能会发疯了。他们会“按时”回来的。那是什么意思呢？哦，也许这封信会把事情说明，倒把它给忘记了。我取出信来，读着，如下便是信的内容：

> 你是一个机智而诚实的人，这从你的外表就看得出来。我们想你是一个贫穷的外国人。你将看到信内附有一笔钱，是借给你用三十天的，不要利息。三十天结束后，请到这所房子来一下。我在你身上打了一个赌。假如我

赢了，你想要得到什么职位都行，只要在我的权限范围内——就是说，任何你能证实自己熟悉和能胜任的职位。

没有签名，没有地址，没有日期。

唔，我又将卷进一个烦恼之中！你对于这之前的一切都熟悉，可我不。对我来说，这真是一个非常模糊的难解之谜。我被完全蒙在鼓里，也不知道它对我是好是坏。我来到一个公园，坐下仔细琢磨，思考着怎样做才是最好的办法。

经过一小时的分析，我做出了如下的具体评断。

也许那两个人对我是一片好意，也许是心怀恶意，这无法断定——就随它去吧。他们玩了某个游戏，或施了某个计谋，或做了某个手头的实验，但无法断定是什么——就随它去吧。他们在我身上打了一个赌，但无法了解是什么——就随它去吧。这就把许许多多无法确定的问题都处理了。剩下的事情既明确又可靠了，可以很有把握地分门别类了。若是我让英格兰银行把这张钞票存入它主人的户头，他们会答应的，因为他们知道他，虽然我不知道。但他们会问我是怎样弄到这张钞票的，而如果我说了实话，他们自然会把我送进救济院，再撒个谎就会把我送进监狱。若是我把这张钞票存入任何一家银行，或凭它去借钱，结果也是同样的。我只好背着这个沉重的负担，直到那两个人回来为止，不管我愿意不愿意。这百万英镑的钞票对于我毫无用处，就像是把灰烬一样，然而我却必须细心照管好它，守护好它。如果我有那样的打算的话，我是不能放弃它的，因为不管是诚实的人还是拦路的强盗，都绝不会要它卷进此事中去。那两个兄弟却是安然无恙。即使我把他们的钞票弄丢了或烧了，他们也丝毫无损，因为他们可以停止支付，而银行也会把钱全部补偿给他们。与此同时，我却不得不忍饥挨饿一个月，没有一点薪水或收入——除非我帮着打赢那场赌，不管是什么样的赌，然后得到答应给我的职位。我应该会喜欢那职位，像他们那种人是有权给予一些值得要的职位的。

我对目前的状况想了很多，希望也开始高起来了。毫无疑问，工资是会很多的。一个月后我就有工作了，那以后一切都会正常的。过了不一会儿，我感到精神好极了。这时我又到街上去闲荡起来。一见裁缝店，我就知道自己是多么渴望把一身破烂衣服换下来，让自己又穿得体体面面的。我买得起吗？不行，除了那百万英镑钞票外，我身无分文。我强迫自己走过去，可是不久我又荡回来了。我深深受着那诱惑的折磨。我一定在那家店前往返了六次之多，勇敢地抗争着。但最后我让步了，我不得不这样。我问他们手头有没有别人不合身的衣服，我问的那个人把头朝另一个人点了一下，什么也没回答。我朝他所指的那个人走去，这个人又用他的头指了一下另一个人，什么话也没有。我又朝另一人走去，他说：

“等一下。”

我一直等到他把手里的活干完，然后他把我带到一间后屋里，在一堆废弃的衣服中翻找着，然后挑出一件最坏的衣服给我。我穿在身上。衣服不合身，也一点不好看，但却是新的，我很想得到它，所以我也没说哪儿不好，只是有些胆怯地说：

“你能帮帮忙，让我缓些天付钱给你？现在我身上一点小的零钱都没有。”

那人脸上显出极度挖苦的表情，说：

“唔，你没有吗？哦，当然，我是没想到。像你这样的先生，我想该只带大的零钱才是呀。”

我给惹怒了，说：

“朋友，你不应该总是以貌取人。我的钱买你这件衣服绰绰有余，我只是不想给你添麻烦，让你兑开一张大额钞票。”

一听这话，他的语调温和了一些，尽管仍然有点装模作样：

“我也不是有意伤害你，不过如果要责备的话，我也得说你怎么能匆忙下结论，说我们找不开你身上的钞票呢。相反，我们是找得起的。”

于是我把钞票递给他，说：

“哦，那很好，我表示歉意。”

他面带微笑接了过去，那真是满脸的笑容啊，笑得起了褶痕，起了皱纹，起了旋涡，像你在池塘里丢进一块砖一样。然后，就在他往钞票瞥去时，脸上的微笑凝固了，继而变黄，像你发现的凝聚在意大利维苏威火山上的小平地里的火山岩一般——它们呈波纹状，像蠕虫似的。我还从来没见过一副笑容那么凝固过，那么长久不变的。那人就带着这副模样站在那儿，手里拿着钞票，店主急匆匆赶过来看发生了什么事，尖刻地说：

“喂，怎么啦？有啥麻烦啊？哪儿不好啦？”

我说：“没啥麻烦的。我在等找钱呢。”

“好啦，好啦，快把钱找给他，托德，把钱找给他。”

托德反驳道：“把钱找给他！说起来倒容易，先生，你自己看看这张钞票吧。”

店主看了一眼，便意味深长地轻轻嘘了一声，然后把手伸进那堆废弃的衣物里，开始把它们翻来翻去，一直兴奋地唠叨着，好像在自言自语：

“把这样一件丑得无法形容的衣服卖给一个奇特的百万富翁！托德是个傻瓜——一个天生的傻瓜，老干这种蠢事。凡是来到这儿的阔佬都被他赶跑了，因为他分不清哪个是阔佬，哪个是流浪汉，永远都分不清。哦，这事让我来办吧。请你把身上的衣服脱掉，先生，扔到火里去烧了。求你行行好，把这件衬衣和这套西服穿上吧，只有这件才合适呢——颜色素雅，质地高贵，大小合适，简直像公爵一般时髦。它是一位外国王子定做的——你也许知道他，先生，就是哈利法克斯[1]尊贵的殿下霍斯波达。他最后只好把这衣服搁在我们这儿，另外买了一件丧服，因为他母亲快要去世了——但她还没有。不过这不要紧，我们总不能事事如意吧——我是说，他们总不能——看哪！裤子挺合适的，穿在你身上真好看，先生。现在试试背心，啊哈，也很合身呀！穿上外衣看看——天啦！看看呀！再好不过了——全身都很合适！我干了这么久的裁缝，从没见过如此的杰作呢。"

我也表示了满意。

"太好了，先生，太好了，我得说这临时凑合一下是可以的。不过你等等，让我们为你量体裁衣吧。快，托德，把本子和笔拿来，记下尺寸。腿长三十二——"他就那么量着，说着。我还没来得及说一句话他已经量好了，吩咐别人去为我做大礼服、晨礼服、衬衣等等之类的东西去了。待一有机会时，我赶紧说道：

"可是，亲爱的先生，我不能定做这些东西，除非你能无限期等下去，或者兑开这张钞票。"

"无限期！这样说还不够，先生，还不够。应该说是永久等下去，先生。托德，抓紧把这些衣服做好后送到这位先生的住处，一点不要耽搁。让那些小客户们等一下。记下这位先生的住址，然后——"

"我的住处经常变动。我会再来把新住址留下的。"

"很好，先生，很好。等一等——让我送你出去，先生。好吧——再见，先生，再见。"

---

① 英国英格兰北部城市。

唔，难道你看不出将一定会发生什么事吗？自然是，我不知不觉买起想要的东西来，让别人去找钱。一周内，我过上了荣华富贵的生活，一切生活舒适品、奢侈品应有尽有，住在哈诺维广场一家昂贵的私人旅店里。我也在那里用餐，不过早餐仍然在哈里斯简陋的饭店里用，我是在那儿凭着百万英镑钞票吃了第一顿饭的。我成了哈里斯的大赚头。这件事传遍各地，说这个内衣口袋里装着百万英镑钞票的外国怪人成了该店的守护神。这就足够了。它从一家可怜的、挣扎的、仅可勉强维持的小店子，一跃而远近闻名，顾客满堂。哈里斯实在感激不尽，非要借钱给我不可。所以，尽管我是一个穷光蛋，却有钱花，过得像个阔佬和大人物似的。我估计不久将会爆发一场洪水，而此刻我正处在洪水之中，要么游过去，要么被淹死。你瞧，眼前不正有着即将来临的灾祸成分吗，它使事态变得严重起来，严肃起来，是的，变得悲惨起来——而这事态本来是会变得非常滑稽可笑的。到了晚上，在黑夜之中，那悲惨的一面总是呈现于我眼前，总是在警告我，威胁我。因此我唉声叹气，辗转反侧，夜不能寐。可是一到了令人欢快的白天，那悲惨的成分就荡然无存，我又洋洋得意起来，高兴得晕头转向，你也许会说高兴得令人陶醉吧。

这倒是自然而然的，我成了世界上这个大都市里一个无人不知的人物，被弄得非常（不只是一点儿）晕头转向。只要你一拿起报纸，不管是英格兰的、苏格兰的或爱尔兰的，就会发现上面登着一两条消息，报道“内衣口袋里装着百万英镑的人”及其最近的言谈举止。最初，我的情况在这些报道中都被放到个人闲话栏目的最后面。接着，我先是凌驾于骑士之上，其次在从男爵之上，再次则于男爵之上，以此类推，地位随着我名气的增加稳步高升，一直达到了可能的最高峰，一直保持着显要的位置，超越了所有的非王室公爵，以及除了英国坎特伯雷大主教以外的所有牧师。但是注意，这可不是名望，我所获得的只是名声而已。然后事情达到了顶点——可以说是崇高的荣誉吧——这荣誉转瞬之间将短暂的名声之杂质变成了经久的名望之珍宝：《笨拙》周刊登载了一幅我的漫画！是的，我现在无疑将会成功了，我的地位已然确立。人们仍然可以开我的玩笑，但却是恭敬的，而不是欢闹、粗鲁的。人们可以笑话我，但却不能嘲笑我，那种时候已经过去了。《笨拙》周刊把我画成一个衣衫褴褛的人，在与一个伦敦塔的守卫人讨价还价。唔，你想象得出这是怎样一种情况：一个年轻人以前从不引人注意，现在突然之间每说一件事都会处处引起人们注意，被人重复；一出门就会不断听到人们一个接一个地传说着，"他来了，就是他！"我一吃早饭就有人来围观，一出现在歌剧院的包厢里就会把一千双观剧的长柄眼镜式望远镜吸引过来。唉，总而言之，我一整天都沉浸在荣耀之中。你知道，我甚至还保留着那套破烂衣服，不时穿在身上，为的是享受一下以往的乐趣，买些廉价的小东西，让人侮辱一番，然后亮出那张百万英镑钞票来，一下置嘲笑者于死地。但我总不能老是那样呀。那些配图的报纸使得人们对我的穿着十分熟悉，因此我一出门就会被认出来，身后跟着一大群人。假如我要想买什么东西，卖的人便愿意把他的整个店子都赊给我，一直到我能兑开那张钞票付钱给他为止。

大约在我出名后的第十天，我去问候了美国公使，为的是尽对自己国家的义务。他很有分寸地热情接待了我，责备我姗姗来迟，说只有一个办法我才可以得到原谅，那就是他的一个客人那晚病了，不能来参加晚宴，由我补上。我说行，然后我们就聊起来。原来他和我父亲在少年时代曾是同学，之后又一起在耶鲁大学读书，在我父亲临终前他们一直是热心的朋友。所以他让我有空去他屋里坐坐，我当然很乐意了。

事实上，我岂止是乐意，简直是高兴坏了。当洪水到来的时候，他或许能采取某种办法使我免于彻底毁灭，什么办法我不得而知，但他或许会想出个办法来的。时间已过去了这么久，我不能冒昧向他吐露心事——我在伦敦遇上了这个可怕的经历，这件事我本来一开始就应该向他表明的。不行，我现在不能贸然说出来，我已经陷得太深了。就是说，深得不能够冒险向一个刚认识的新朋友吐露心事，虽然我认为我对他还是有所了解的——因为你明白，我尽管借了那么多钱，但还是小心没有超出自己的财力——我是指我的工资。当然，我也不知道工资将会是多少，不过我有充分根据估计，如果我赢了这场赌的话，将会选择那位有钱的老绅士所能提供的任何职位，只要我能胜任——我当然也会证明自己能胜任，对此我毫无疑问。至于说到打赌的事，我并不担心，因为我总是很幸运。我估计年薪是六百至一千。比如说，第一年六百，以后逐年上升，直到我凭着自己的本事薪水达到最高限度为止。眼前我只不过欠着第一年的薪水而已。每个人都在极力借钱给我，但我通过借口把多数都推掉了，所以这笔债只是三百英镑的借款，另外三百英镑便是我的衣食和购买其他东西的费用。我相信第二年的收入将会让我度过这个月剩下的时间，如果我能继续谨慎一些，节俭一些——我打算对此要非常留心。等这个月结束后，我的雇主旅途归来，一切便会好起来的，那时我将立即把两年的薪水还给各位债权人，然后马上开始工作。

那是一个非常美好的晚宴，有十四人参加。他们中有肖里迪奇公爵及其夫人，他们的女儿安妮小姐，新门的伯爵及其夫人，奇普赛德子爵，勋爵及其夫人布拉瑟·凯特，几个没有头衔的男女，公使及其夫人和女儿，以及他女儿的一个朋友，一个二十二岁的英国姑娘，名叫波希娅·兰厄姆——我很快就爱上了她，她也爱上了我——不需用眼镜我也看得出来。另外还有一个客人，是个美国人——不过我话说得远了点。当人们还坐在客厅里，焦急地等待着晚宴开始，冷冷看着迟到的人时，仆人宣布说：

“劳埃德·黑斯廷斯先生到。”

在通常的寒暄之后，黑斯廷斯见到了我，他热情地伸出一只手径直朝我走来。他正要同我握手时却突然停下，显出尴尬的样子，说：

“对不起，先生，我还以为认识你呢。”

“嗳，你是认识我呀，老伙计。”

“不。你是——是——”

“‘内衣口袋怪人’？不错，确实如此。别担心叫我绰号，我都习惯了。”

“哎呀，哎呀，哎呀，这太让人吃惊了。有一两次我看见你的名字和绰号排在一起，可绝没有想到你就是人们所说的亨利·亚当斯。哦，不到六个月前，你不是在弗里斯科为布莱克·霍普金斯看店挣薪水，晚上守夜额外挣点补助，帮助我分类、核实‘古尔德-卡里债务展期承诺书’及数额吗。想想看你现在到了伦敦，成了一个百万富翁，一个了不起的名人！唉，这又是一个天方夜谭啊。朋友，我一点不理解，一点不明白。给我时间，让我脑子清醒清醒吧。”

“事实上，劳埃德，我的情况和你一样糟糕。我自己都弄不明白呢。”

“天哪，这太让人震惊了，不是吗？唉，自从我们去了迈勤餐厅才过三个月呢——”

“不，是‘多快乐’餐厅。”

“对，是‘多快乐’餐厅。我们是凌晨两点钟去的，在那一大堆债务展期承诺书里苦苦干了六个小时后，一边喝咖啡一边闲聊了一阵子。我极力说服你和我一起来伦敦，并主动为你请假，承担你的一切费用，如果我销售看好就另付酬金。可是你不听我的，说我不会成功，你不能让手头的工作中断，以免今后回国时工作无休止地等待下去。然而你现在却到了这里，太奇怪了！你怎么到这里的呢，究竟是什么给了你这个让人难以置信的开端呢？”

“唔，这纯属偶然。说来话长——人们也许会说是一个传奇。我会把全部经过告诉你的，但现在不行。”

“什么时候？”

“这个月底。”

“还有两个多星期呢。这太让一个如此好奇的人难受了。一周后告诉我行不行？

“不行。你不久就会知道其中原因的。你的生意怎么样？”

他欢快的举止像呼出的气一样消失了，叹息着说：

“你是一个真正的预言家，哈尔，一个真正的预言家。我真后悔来到这儿，我不想谈这件事。”

“可你必须谈谈。我们今晚离开这儿时，你必须去我那里，把一切告诉我。”

“唉，是吗？你是认真的？”此时他眼里涌出了泪水。

“是的，我想一字不漏地听到整个事情的经过。”

“你太让我感激了！在我经历了这一切之后，我又发现了有人对某种表露某种眼神——对我和我的事情感兴趣了。天哪，我会为此下跪的！”

他紧紧抓住我的手，又打起精神来，那以后他一切恢复了正常，生气勃勃，等待着用餐——至此还未开始。不，通常的事情发生了，在英国这种有毛病的日趋恶化的体制下，总是发生这样的事——座次先后问题得不到解决，因此也就无餐可谈。英国人出去就餐前总要先用餐，因为他们知道将会冒的风险。但此事谁也不会警告外国人，所以他就平平静静地掉入了陷阱。当然，这次没有一个人受到伤害，因为大家都吃过饭才来，除了黑斯廷斯外没有一个新手，而公使在邀请黑斯廷斯时已经说过，按照英国人的习惯他什么餐也没准备。每个男人都带着一位夫人，大家列队朝饭厅走去，因为通常要有这个举动，但到饭厅后争论就开始了。肖里迪奇的公爵想要独占鳌头，抢先坐到桌子头部，认为自己级别比公使还高，公使只代表一个国家而不是一个君主。但我坚持我的权利，绝不让步。在闲话栏里我的地位高于所有非王室公爵，我表明了这点，要求位置被排在这位公爵之前。这当然是无法解决的，尽管我们会努力并且确实也这样做了。他最后（并不明智）极力拿自己出身世家来压人，我因此“看见了”他的“征服者”，“唤起”他对亚当[①]的记忆。由我的名字可知我是亚当的直接后裔，而由他的名字和他近代诺曼底血统看出来，他只是旁系中的一员。所以我们全都列队返回客厅站着吃了一顿便餐——用盘子装着沙丁鱼和草莓，你觉得该站哪里就站哪里，端着把东西吃了。这儿大家对于名次先后的信仰并没有那么狂热。两个头衔最高的人抛出一个先令，赢者先吃草莓，输者得那块先令。接下来另外两个又抛一个先令，然后是另两个，以此类推。茶点之后搬来了桌子，我们都玩起“克里比奇”牌游戏来，每场输赢十六便士。英国人从来不单为娱乐玩游戏。如果他们不能赢到什么或输掉什么——至于赢什么东西并不在乎——他们是不会和你玩的。

我们度过了愉快的时光，当然是我们两个，兰厄姆小姐和我。

① 基督教《圣经》故事人物，所谓“人类的始祖”。

我对她实在太着迷了，以至于无法数清自己的手指——假如它们有两排的话。我数准确时并没发现，于是又从第一排数起来，每次都数不清楚；而姑娘也和我一样，你瞧，她也处在我那样的状况。因此我们俩都数不好，也不在乎为啥数不好。我们只知道幸福快乐，别的不想知道，也不想被打扰。我告诉了她——我的确告诉了她——说我爱她。她呢——唔，脸都红到了耳根，但是她喜欢，她说她也爱我。啊，我从来还没有过这样的夜晚！每次我努力记数后都要附带说点什么，每次她记数后也承认听到了我附带说的话，照样数着手指。唉，我甚至只要说"2代表他的脚跟"，就总会补充说"哎呀，你看起来多么可爱！"她总会说，"152,154,156，一对是8,8是16[①]——你这么认为吗？"——她从眼睫毛下面斜着探看，你知道，那么甜蜜可爱。啊，那真是太不一般啦！

瞧，我对她非常诚实，十分公正。我告诉她，我在世上除了她听到众多人议论的那一百万英镑钞票外，便身无分文，而那张巨额钞票还不是我的呢，这又引起了她的好奇心。然后我低声告诉了她事情的全部经过，几乎使她的笑声戛然而止。她究竟有什么可笑的我不得而知，不过她确实在笑。每隔半分钟另一件具体的事便会引得她发笑，我因此不得不停下达一分钟之久，让她平静下来为止。哎呀，她自个儿笑得站都站不稳了——确实如此，我还从没见过这样的事。我是说我还从没见过一件让人痛苦的事——关于一个人的烦恼、忧虑和恐惧的事——引出那样的结果来。所以我就越发爱她了，因为在没有什么值得快乐的时候她却能如此快乐。也许不久我会需要这样一位妻子，你知道，事情好像是这样。当然我告诉她我们得等两三年，直到我能够弥补上我的工资为止。可她不在乎这点，只希望我在开支上尽可能小心一

① 以上大概在表明两个情人的一些异常举动。

些，尽可能不要冒险把第三年的工资都用进去了。然后她开始有点焦急起来，怀疑我们是否弄错了，提出第一年我的工资应该更高一些。这个想法倒不错，我因此也没有先前那么自信了。但它却使我想到一个很好很实际的主意，我坦率地提了出来。

“波希娅，亲爱的，我去见那两位绅士那天，你和我一起去好吗？”

她迟疑了片刻，说道：

“不——行，假如我和你一起去会给你鼓鼓气的话。不过，你认为这样好吗？”

“不，我不知道这会——事实上，我倒担心这不好呢。可是，你瞧，事情很大一部分都取决于这事，因此——”

“那我就去吧，管它好不好。”她满怀热情地说，“唔，想到我在帮助你我就多么快乐啊！”

“帮助，亲爱的？哎呀，这一切将全靠你了呀。你如此美丽，如此可爱，如此迷人，有你在身边我会不断把工资加高，直到我打败那两个好心的老人，让他们无心和我争论为止。”

啊！你真应该看看她扇骨处红润润的皮肤，她那双快活闪亮的眼睛！

“你这个可恶的人真会拍马屁！你说的话没一个字是真的，不过我还是跟你去吧。也许这事会教会你不要指望别人用你的眼光看待事情。”

我的疑团消失了吗？我的自信心又回来了吗？你可以根据这一事实来判断：我心里已当场就把第一年的薪水提到一千二。可是我没有告诉她，打算等缓一下再说，以便让她大吃一惊。

在回家的路上我一直心不在焉，黑斯廷斯说的话我一个字也没听到。我们进入我的客厅时，他便对我那许许多多的舒适品、奢侈品大加赏识。

“就让我在这里站一会儿吧，让我先一饱眼福。天哪！这是一个宫殿——真是一个宫殿！这里面一个人想要的东西应有尽有，包括让人舒适的炭火和高级、灵便的茶几。亨利，它们不仅仅使我意识到你是多么富有，也使我骨子里彻底意识到我是多么贫穷——多么贫穷，多么可怜，多么惨败！”

真该死！这些话直让我打寒战。我被吓得完全清醒过来，才明白我正站在半英寸厚的地壳上，下面便是一个火山口。先前我并不知道自己一直是恍恍惚惚的——就是说，刚才我并没有让自己去弄明白，可是现在——啊，天哪！我负债累累，在这个世上身无分文，手中掌握着一个可爱姑娘的幸福或者痛苦，眼前除了一份薪水什么也没有，而那份薪水也许绝不会——啊，将绝不会——成为现实！啊，啊，啊！原来的希望都给毁了！什么也救不了我！

“亨利，只需拿出你每天收入微不足道的一点点，就会——”

“哎呀，我每天的收入！瞧你这个该死的、急躁的苏格兰人，你自个高兴去吧。你真够烦人的！或者，不——你是饿了，快坐下——”

“我啥也不吃，已经吃过了。这些天我胃口不行，不过我倒愿意陪你喝酒，直到醉倒为止。来吧！”

“一桶一桶地喝，我都奉陪你！准备好了吗？咱们来吧！那么，劳埃德，现在趁我调酒的工夫你把经过一五一十告诉我吧。”

“一五一十告诉你？什么，还要我再说一遍？”

“再说一遍？你这是什么意思？”

“唉，我的意思是你还想再听一遍吗？”

“我还想再听一遍？实在让人搞不懂。等等，别再喝那酒了。你不能再喝了。”

“我说，亨利，你真让我吃惊。在来这儿的路上我不是把一切都告诉你了吗？”

“是吗？”

“是呀。”

“要是我听你说了一个字才该死呢。”

“亨利，这可不是一件开玩笑的事情，它让我烦恼透顶。你在公使那里都干什么来着？”

这时所有一切闪现在我眼前，我勇敢地坦白了。

“我得到了世界上最可爱的姑娘——简直被她俘虏了！”

这时他一下子向我冲过来，握着我的手紧紧不放，直到把我的手都握痛了。在我们返回的三英里路上，他曾把事情经过告诉了我，我一个字也没听进去，但他并没因此责怪我。他只是坐下来，像个接受治疗的病人似的。他是一个好人，把事情又原原本本对我说了一遍。归纳起来，情况如下：他自以为有一个美好的机会，因此来到了英国；他得到一个为古尔德-卡利开拓公司出售“探测器”的“特权”，超出一百万美元的部分都归他。他工作非常勤奋，一切正当的办法都想尽了，用尽了，也几乎花尽了所有钱财，但就是没有一个资本家愿意听他的，而他的买卖特权又将在月底到期。一句话，他是破产了。这时他跳起来大声叫道：

“亨利，你可以救我！你可以救我，你是世上唯一可以救我的人。你愿意救我吗？你不愿意吗？”

“你说说看怎样救你。大胆说出来吧，朋友。”

“给我一百万和回去的旅费，我让你得到那个买卖特权！别，别拒绝我！”

我有些恼怒了，正要说：“劳埃德，我自己都是一个穷光蛋呢——完完全全是个身无分文、负债累累的穷光蛋。”但此时我脑子里产生了一个白热化的想法，我咬紧牙关，让自己沉静下去，直到像一个冷漠的资本家那样。然后我带着克制的商业口吻说：

“我会救你的，劳埃德——”

“这么说我已经得救了！愿上帝永远保佑你！如果我——”

“让我把话说完，劳埃德。我会救你的，但不是用那种办法，那对你不公平，你吃了那么多苦，冒了那么多风险。我用不着买矿山，在伦敦这样的商业中心，我不需要那个也能使我的资金周转起来，我一直就是这么做的。不过我将这样帮你，对那个矿山我当然了如指掌，我知道它的巨大价值，并可以为此发誓——假如有人希望如此。你可以在两周内以三百万的现金把它卖出去，随便以我的名义，我们将平分利润。”

你知道吗，他顿时手舞足蹈，简直高兴得发疯，要不是我把他绊倒用绳子捆起来，他会把家具打成柴火，把屋里所有东西都给毁了。

然后他躺在那儿，高兴极了，说：

“我可以用你的名义！你的名义——想想看，朋友，他们会蜂拥而来的，这些有钱的伦敦人。他们会为那股份争夺！我是一个必定会成功的人，永远会成功的人，我今生今世永远不会忘记你！”

在不到二十四小时里，整个伦敦议论纷纷！我一天又一天无事可做，只是坐在家里，对所有来的人说：

“不错，我是让他以我的名义。我了解此人，也了解那矿山。他的品性无可指责，那矿山的价值远不止他要的那点。”

与此同时，我每个晚上都在公使家和波希娅待在一起。关于矿山的事我对她只字未提，想以后让她大吃一惊。我们谈论工资，除了工资和爱情外什么也不谈。有时谈工资，有时谈爱情，有时两者都谈。天哪！公使夫人和她女儿对我们那短暂的约会产生了兴趣，她们无数次地独出心裁，想尽办法不打扰我们，让公使一直蒙在鼓里，一点疑心也没有——唔，他们就是那么可爱！

一个月时间终于结束了，我在伦敦郡银行有一百万美元的存款，黑斯廷斯也同样如此。我尽量穿得好一些，乘车路过波特兰街的那座房子时，由它的外表可以看出，那两位绅士已经回来了。我继续向前来到公使家接我可爱的宝贝，我们又一起返回，一路上极力谈着工资的事。她非常兴奋，又非常焦急，让她看起来美丽极了。我说：

"亲爱的，你看起来这么美丽，如果我们的薪水一年不争取到三千——少一便士也不行——那简直是在犯罪。"

"亨利，亨利，你会毁了我们两个的！"

"别担心。你只需保持那副模样，相信我好啦。一切都会好的。"

瞧，原来我还得一路上给她打气呢，她不断恳求我，说：

"哦，你要记住，如果我们要求太高会一分钱也得不到的，那时我们生活一点着落也没有，会怎么样呢？"

仍然是先前那个仆人把我们领了进去，两位老绅士出现在我们眼前。当然，他们看见我身边站着一个奇妙的人儿时，不禁大吃一惊，不过我说道：

"没关系的，先生们，她是我未来的支柱和伴侣。"

我把他们介绍给她，直接叫出了他们的名字。他们并不感到意外，因为知道去查一查电话号码簿就什么都清楚了。他们让我俩坐下来，对我非常客气，也极力让她松弛下来，不至于那么尴尬，尽可能让她轻松自在一些。然后我说道：

“先生们，我准备好汇报了。”

“我们很高兴听着呢，”我的那位先生说，“我和我兄弟埃布尔打的赌，现在就要决定胜负了。假如你让我赢了的话，在我权限范围内你可以得到任何职位。那张百万英镑钞票还在你身上吗？”

“在这儿，先生。”我把钞票递给他。

“我赢了呀！”他大声叫道，拍着埃布尔的背。“现在你该说什么呢，兄弟？”

“我说他真是活下来了，这下我输了两万英镑。这事简直让我难以置信。”

“我还有情况要报告，”我说，“这事说来话长。希望你们让我不久再来，以便我把一个月来的经过详详细细告诉你们，我向你们保证这是值得一听的。同时，你们看看这个吧。”

“什么，伙计！二十万英镑的存款单。是你的吗？”

“是我的。三十天里我很好地利用了你们借给我的那笔款子，因此挣得了这笔钱。我只不过是用你们的钞票去买小东西，让别人找钱得到的而已。”

“好啦，这太让人吃惊了！太难以置信了，朋友！”

“不要紧，我会证实的。别以为我的话没有根据。”

可现在轮到波希娅吃惊了。她把眼睛睁得大大的，说：

“亨利，那真是你的钱吗？难道你一直在对我撒谎？”

“不错，我是一直在对你撒谎，亲爱的。不过你会原谅我的，我就知道。”

她噘起一张嘴，说：

“别太那么肯定了。你这样来欺骗我，真是一个捣蛋鬼！”

“啊，你会不再生气的，我可爱的人儿，你会不再生气的。

我只是开开玩笑，你知道。好啦，咱们走吧。”

“可是等等，等等！你知道还有职位的事呢。我希望给你一个职位。”我那位先生说。

“哦，”我说，“我实在感激之至，不过我真的不想要什么职位。”

“可那是在我的权限内可以得到的最好的职位呀。”

“再一次真心诚意感谢你，不过即便是最好的我也不想要。”

“亨利，我真为你害臊。你对这位好先生一点谢意也不表示。我可以代你表示吗？”

“当然可以，亲爱的，如果你能弥补的话。你试试吧。”

她朝我那位先生走去，投入他的怀抱，双手搂着他的脖子，对准嘴唇就是一吻。然后那两位老先生大喊大笑起来，直让我惊讶得发呆，你也许会说我像一具僵尸般。这时波希娅说：

“爸爸，他说过你没有什么职位他愿意要的，这可大大伤了我的心，像——”

“亲爱的，他就是你爸爸？”

“不错，他是我的继父，而且是最最亲爱的人。你在公使家里时，因为不知道我们这种亲戚关系，说我爸和阿贝尔叔叔的计谋让你多么烦恼、焦虑，我却笑个不停，现在你该明白是什么原因了吧？”

我当然现在是要直言不讳，不能再做傻事了，于是我直截了当地说：“啊，我最最亲爱的先生，我想收回我说过的话。你已经有一个职位是我想要的。”

“说说看。”

“做你的女婿。”

“啊，啊，啊！可是你知道，要是你没有为我们这场赌扮演那个角色的话，你当然根本不能推荐自己，满足婚约那些条件的，因此——”

“考验考验我吧——啊，考验一下我吧，求求你了！只需要考验我三四十年，如果——”

“唔，哦，好吧，这个要求也不高，把她带去吧。”

我们两个快乐嘛？天底下任何言语都无法形容。我带着那张百万英镑钞票在一个月里所经历的种种奇遇，以及最终的结局，一两天后便传遍了伦敦城，整个伦敦的人议论纷纷，确实高兴了一阵子。

波希娅的父亲把那张友好而殷勤的钞票带回英格兰银行去兑现了，之后银行盖销了它，并把这张作废的钞票赠送给了他。在我们的婚礼上他又把它送给了我们，从此以后我们便把它装在框里，一直悬挂在家里最神圣的地方。因为是它让我得到了波希娅。要不是它，我不可能留在伦敦，不可能出现在公使的家里，也就绝不可能见到她了。所以我总是说：“不错，如你们所见，这是一张百万英镑钞票。不过它只使用过一次，然后，只大约花费了它的十分之一就得到了想要的东西。”

卡拉维拉县驰名的跳蛙

一位朋友从东部来信，让我去拜访那位温厚而多舌的老西蒙·惠勒，并向他打听一下朋友的朋友利奥尼达斯·沃·斯迈利的情况。我一一照办，以下便是我拜访的结果。我隐隐怀疑利奥尼达斯·沃·斯迈利是一个神话式的人物；我朋友根本就不知道这样一个人；他只是猜想罢了，假如我向老惠勒打听斯迈利的事，可能会让他想到那个丢尽脸面的吉姆·斯迈利，他会因此滔滔不绝、令人恼怒地讲起关于吉姆·斯迈利的往事，冗长乏味，烦人透顶——这对于我是毫无用处的。假如朋友这样预计，那么他算预计对了。

我在那个衰败的天使矿工村见到西蒙·惠勒时，他正在坍坏的小旅馆酒吧里，在火炉旁舒适地打着瞌睡。我发现他身体胖胖的，脑袋光光的，平静的脸上显得温柔纯朴，十分可爱。我走近时他便醒了，向我问好。我说，一个朋友托我来打听一下他幼时的一位好友，名叫利奥尼达斯·沃·斯迈利——利奥尼达斯·沃·斯迈利牧师，一个传播基督教《福音》的年轻人，朋友听说他曾经在天使矿区住过。我又对惠勒先生补充说，假如他能告诉我任何关于利奥尼达斯·沃·斯迈利牧师的事，我会感激不尽的。

西蒙·惠勒让我退到一个角落，用他的椅子把我挡住，自己坐了下来，滔滔不绝地讲起下面这个单调乏味的故事。他从未笑一笑，皱一皱眉头，声音自始至终都是那么温和，连一丁点儿激情也没有。不过，尽管他的讲述没完没了，但我却深深感到了一种认真诚挚的态度，这使我清楚地看到，他非但没有想到自己的故事有任何滑稽可笑之处，而且他真的认为这件事相当重要；而且很钦佩其中的两位主人公，认为他们颇善于待人处世，在玩弄手腕上简直是出类拔萃的天才。我任他喋喋不休地讲下去，一次也没有打断他。

“牧师利奥尼达斯·沃……唔……牧师利——哦，这儿是有那么个家伙，叫吉姆·斯迈利，是在49年[1]冬天——或者是50年春天——不知咋的，我记不准了，不过我为啥觉得是在那两年里呢，因为他刚来这个矿区时，那个大水槽还没修完呢。管它呢，反正他那时是这儿最古怪的人，凡是你眼睛见到过的东西，他没有不拿来打赌的，只要有人愿意和他打，如果不愿意，他和你交换位置打赌也行。凡是适合对方的也都适合他——只要能打赌，他就高兴满意，而且他运气老是那么好，不是一般的好，多数时候都是他赢——他随时准备着一有机会就和人打赌。你找不到一件那家伙不能和你打赌的事情，并且随你站哪一方都行，就像我刚才说的那样。假如有一场赛马，结束时你要么会看见他满脸喜色，要么会看见他垂头丧气的样子。狗打架，他要打赌；猫打架，他要打赌；鸡打架，他要打赌；唉，假如有两只鸟儿落在栅栏上，他也会和你打赌哪只先飞走；假如有野营布道会，他会经常去那儿，并拿沃克牧师来打赌——他认为沃克是这个地方最会说教的人，事实也如此，沃克还是个好心人。甚至他看见一只大摇大摆的蟑螂在朝着某个方向爬去，他也会和你打赌它要多长时

① 指1849年。

间爬到——爬到它要去的任何地方。假如你想和他打一下赌，他甚至会跟着蟑螂走到墨西哥去，看看它究竟要走到哪里，路上要走多长时间。这儿好多男孩子都见过斯迈利，并且都能给你讲他的故事。唉，这对他来说一点关系都没有——管它啥事他都要打赌——真是一个再危险不过的家伙。沃克牧师的老婆有一次重病了好久，好像无法医治了。一天上午沃克走进斯迈利家，斯迈利站起来，问他老婆怎样了，他说大有好转——感谢上帝大慈大悲——她已经很有精神。承蒙上天的赐福，她会好起来的！可是斯迈利也没先想一下，就说道：‘唔，我拿两元五打赌，她绝不会好起来的。’

“今年斯迈利弄到一匹母马——男孩们都管它叫乌龟老马，不过你知道这只是开开玩笑，因为它当然不像他们说的那样慢——斯迈利还经常拿它打赌赢钱呢，尽管它慢得要死，老是患有气喘、马腺疫、肺结核之类的病。他们常让它先跑两三百码远，然后再让别的马赶过它；但是它总在快到终点时变得兴奋起来，拼了老命似的往前跑，一会儿撒腿四蹄腾飞，一会儿跨过一道道围栏，身后卷起的尘土比别的马多，咳嗽，打喷嚏，擤鼻子，哪匹马也没有它那么不安静——它总是在看台处追赶上去，最后比其他马先一脖子冲出终点线——你最多也只能计算出这个差距了。

“他有一只很小很小的斗牛犬，你看到它就会觉得它不值一文，不过到处闲逛，看起来非常一般，时刻寻找机会偷东西罢了。可是一旦人们把赌注压到它身上，它就会摇身一变，下颚像前甲板一样伸出来，牙齿露在外面，像火炉一般发出亮光。它会被一只狗抓住、戏弄、嘴咬，三番两次被撞翻在地，而安德鲁·杰克逊——这是那狗的名字——也绝不会显得不高兴的样子，也没有指望别的什么——因此赌注在另一边成倍增加，直到最后大家都把钱压完了。就在这时，它会突然抓住另一只狗的后腿关节，死死抓住不放——不是用嘴咬，只是死死抓住不放，直到另一只狗认输，哪怕这样僵持一年。斯迈利用他那只狗打赌总是成为赢家，直到它和一只没有后腿的狗比赛，因为那只狗的后腿不幸被环形锯锯掉了。当比赛进行了很大一会儿，大家的钱也都压光了，安德鲁便开始它那得意的抓揪动作，但它立即发现自己是怎样受了欺骗，另一只狗怎样使它落入了圈套——可以这么说——它先是显得大吃一惊的样子，然后又显得有些泄气了，也不再想去赢那场打架。它看了斯迈利一眼，好像在说它的心都碎了，那都是他的错，用一只没有后腿的狗去让它抓，而抓后腿又正是它打架的拿手好戏。然后它一瘸一拐走了一段路，就倒下死了。安德鲁·杰克逊可真是一只好狗，要是不死它会名扬天下的，因为它是那块料，有那种天才——我知道这点，它自己从没有机会说出来，假如一只狗在那些情况下都还能打架，没有一点天才是说不过去的。一想到它最后那次打架的情景，想到比赛结果，我心里总是很难过。

"瞧，今年斯迈利弄到一些老鼠、小公鸡、雄猫等等之类的东西，它们简直弄得你不得安宁。有一天他捉到一只青蛙，把它带回了家，并说他打算要教育它。那三个月里他啥事也不做，成天坐在后院里教青蛙跳跃。要知道，他也真的把它教会了。他在后面轻轻拍青蛙一下，接下来你会看到它像个汽车轮胎一样在空中直转——看到它在翻一个筋斗，或者如果头起得好的话，一连翻几个筋斗，然后像只猫一样平平稳稳地落到地下，啥事也没有。他甚至让青蛙去学着抓苍蝇，经常不断地让它练习，到最后只要它看见一只苍蝇，不管有多远它都会去捉住。斯迈利说一只苍蝇唯一要做的，就是接受教育，说它几乎没有做不了的事——

我相信他的话。嗳，我亲眼见过他把丹尔·韦伯斯特放在这个地板上——丹尔·韦伯斯特是那只青蛙的名字——大声喊，‘苍蝇，丹尔，苍蝇！’只一眨眼的工夫，它就一下直直地跳起去，猛然把柜台上的一只苍蝇抓住，再跳回到地板上，像一块黏泥一样稳稳当当的，然后就用一只后腿抓搔自己头的一边，满不在乎的样子，好像它根本没想到自己比任何一只蛙更能干。你还从没见过哪只蛙有它那么谦虚，那么坦诚的，尽管它如此有天赋。当举行非常公正的赛跑时，它和别的蛙站在同一起跑线上，每一步都会比任何一只你见过的蛙跨得大一些。在同一起跑线上开跳可是它的拿手好戏，你明白，只要有这种比赛，斯迈利就把钱预先压在它上面，哪怕他只有一分钱。斯迈利对他那只青蛙真是得意得要死，不过也该他那样，因为那些走遍了天下的人都说，他们见过的蛙中，还没有一只能胜得过他那只蛙呢。

“唔，斯迈利把那只动物装在一个小格子盒里，不时把它带到商业区去和别人打赌。一天有个家伙——他是外地人——碰见斯迈利拿着这盒子，便问道：

“‘你那盒子里装的是啥玩意呀？’

“斯迈利好像满不在乎地说：‘也许是一只鹦鹉吧，或者也许是一只金丝雀，但都不是——它不过是一只青蛙。’

“那家伙接过盒子，翻来覆去、仔仔细细地看着，说：‘唔——不错，是青蛙。哎呀，它有啥用处呢？’

“‘哦，’斯迈利随随便便、毫不介意地说，‘它很会做一件事，我想——在卡拉维纳斯县没有一只青蛙能跳得过它。’

“那家伙又把盒子接过去，仔仔细细地打量了好久，然后不慌不忙地说：‘唔，我一点看不出你那只蛙比任何一只蛙好在哪里。’

“‘也许你看不出，’斯迈利说，‘也许你了解青蛙，也许你并不了解它们；也许你有点经验，也许你连个业余爱好者都不是，可以这么说。不管怎样，我有我的看法，我愿意拿四十美元来打赌，卡拉维纳斯县没有一只青蛙能跳得过它。’

“那家伙想了一下，然后好像有点忧郁的样子，说：‘唉，我在这儿人生地不熟，到哪儿去弄到蛙呢；不过如果我能弄到一只蛙，我是会和你赌一场的。’

“然后斯迈利说：‘那好吧——那好吧——只要你替我把这盒子拿着一下，我就去给你弄一只蛙来。’因此那家伙就接过盒子，掏出四十美元和斯迈利的钱放在一起，坐下来等着。

“他在那儿坐了好久，一个人想呀想，然后把青蛙从盒子里取出来，撬开它的嘴，用一只茶匙把铅沙粒往它嘴里灌得满满的——一直灌到了下巴处——再把它放到地板上。斯迈利去了沼泽地，在稀泥里转了好长时间，最后才捉住一只蛙，把它带到矿区递给外地人，说：

“‘好啦，如果你已准备好，就把它和丹尔并排放在一起，甚至要把它的前爪和丹尔并排放好，我喊开始。’然后他就说，‘一——二——三——开始！’于是他和那家伙一起从后面拍各自的青蛙一下，那只刚捉来的蛙轻轻松松地就跳出去了，可是丹尔只动了动，耸了耸肩——很像个法国人那样，但是一点用处也没有——它一点也移动不了，像一座教堂一样稳稳当当地固定在那里，动也不是停也不是。它可把斯迈利惊得要死，也让他恶心，可是他当然一点不知道是怎么回事。

“那家伙拿了钱就要走。就在快出门时，他把大拇指往肩头上一举——那是对着丹尔的——又一次不慌不忙地说：‘哦，我一点看不出你那只蛙比任何一只别的蛙好在哪里。’

“斯迈利站在那儿用手抓搔着头，一直把地上的丹尔盯了好久，最后他说：‘我实在弄不明白这只蛙胸口干吗胀鼓鼓的——我很想知道它是不是正常的——它怎么身子鼓胀得这么大。’于是他抓住丹尔的后颈，举起来说，‘假如它没有五磅重，干吗要怪我那些猫呢！’他把蛙倒翻过来，便见从它嘴里吐出两把铅沙粒。这时他才明白是怎么回事，顿时暴跳如雷——他把蛙放到地上就去追赶那家伙，可怎么能追得到呢。然后——”

（这时西蒙·惠勒听见有人在前院叫他的名字，起身去看有什么事。）他边走边转过头对我说：“你人生地不熟的，就坐在这儿别动，放心好啦——我回来后就不再走了。”

但是，请读者诸君原谅，我并不认为继续听那个富有魄力的流浪汉吉姆·斯迈利的历史，会给我提供很多有关利奥尼达斯·沃·斯迈利的情况，所以我就起身走了。

在门口，我又遇见那位和蔼可亲的惠勒回来了，他抓住我的衣扣强行把我留下，又开始说道：

“哦，今年斯迈利弄到一条独眼黄牛，没有尾巴，只有一点像香蕉一样的短桩，并且——”

可是，我既无时间也无兴趣，所以并没有留下听他讲那条受苦受难的牛，而是起身告辞。

朱庇特神庙维纳斯雕像传奇

第一章

（场景：罗马——艺术家工作室）

“啊，乔治，我真的爱你！”

“哎呀，我亲爱的宝贝玛丽，我明白这一点——可为什么你父亲如此冷酷无情呢？”

“乔治，他可是一片好心呀，只不过艺术在他看来是一个愚蠢的东西——他只知道那些杂货。他担心你会让我挨饿。”

“让他的精明见鬼去吧——他还真有点灵机妙想呢。为什么我不去赚钱，做一个铁石心肠的杂货商，而要当个什么非凡的、富有才华的雕刻家，去忍饥挨饿呢？”

“别灰心，乔治，亲爱的——他的一切偏见会统统消除，一旦你弄到了五万美元——”

“五万，魔鬼！你太天真了，我还欠着别人的饭钱呢！”

第二章

（场景：罗马一间住所）

“我亲爱的先生，光说是没有用的。我并没有和你过不去，可我总不能让女儿嫁给一个只有爱情啦、艺术啦、饥饿啦这些乱七八糟东西的人吧——我想除此之外，你也再没别的了。”

“先生，我穷，这我不否认。可荣誉就一钱不值吗？阿肯色州那位可敬的贝拉米·福德尔说，我新近雕的自由女神像很出色，他很高兴我有一天会出名的。”

“胡说，阿肯色那个傻瓜懂什么，荣誉有个屁用——人们关心的是你那堆吓唬人的大理石东西能卖多少钱。你用了六个月去凿那玩意儿，却连一百美元也卖不到。不行，先生！拿出五万美元来，你才能娶我女儿——否则她就要嫁给年轻的西蒙珀。你只有六个月时间去弄这笔钱。再见吧，先生。”

“天哪，我真倒霉！”

第三章

（场景：艺术家工作室）

“唉，约翰，我们少年时就成了朋友。可现在我成了世上最不幸的男人。”

“你是个傻瓜！”

“除了我那可怜的自由女神像外，我再没有什么可爱的东西——瞧，连她对我也毫不同情，一副冷冰冰的样子——如此美丽而又如此无情！”

“你是一个笨蛋！”

“唉，约翰！”

“哎呀，胡说！你不是说有六个月时间去弄那笔钱吗？”

“我这么痛苦，别拿我开心了，约翰。即使我有六百年又有什么用呢？像我这样一个不幸的人，名望、资本、朋友样样没有，时间再多又有什么用？”

“白痴！懦夫！幼稚！六个月去弄这笔钱——五个月就够了！”

“你疯了吧？”

“六个月——足够了。这事交给我吧。我会弄到这笔钱的。”

“你这是什么意思，约翰？你究竟如何能为我弄到这么可怕的一大笔钱呢？”

“你就把这事交给我去办，别插手，好不好？让我来处理行不行？你能不能发誓，让我撒手去干？你能不能保证，别来找我的岔子？”

“我不明白——我给搞糊涂了——不过我向你发誓。”

于是约翰拿起一把铁锤，故意把自由女神像的鼻子砸烂！他挥起铁锤又砸一下，雕像的两个手指掉到地板上——又一下，一只耳朵缺了一小块——又一下，一排脚趾被砍脱——又一下，左腿自膝盖以下便成了碎片！

约翰戴上帽子，走了。

乔治目瞪口呆，瞧着眼前这个被砸毁的奇形怪状的可怕物，半分钟说不出话来。然后他突然浑身无力畏缩地倒在地板上，一阵惊厥。

不久，约翰便赶着一辆四轮马车转来了。他把心碎悲伤的艺术家和残臂断腿的雕像弄上车，就赶着走了，一路还悠悠然轻轻地吹着口哨。他把艺术家留在自己的住所，然后拉着雕像消失在通向金里那利斯山[1]的小路上。

---

① 金里那利斯山，罗马七山之一，原为教皇的宫殿所在，1871年改为意大利皇宫。

第四章

（场景：艺术家工作室）

“今天下午两点钟，六个月的期限就到了！啊，我多么痛苦！我的生活给毁了，不如死了好。昨天就没吃晚饭。今天又没早饭吃。哪里敢进餐厅。挨饿？——别提啦！靴匠把我逼得要死，裁缝也催逼我，房东也来缠我。我真可怜呀。从那可怕的一天后我就再没见到过约翰了。我和玛丽在大街上相遇时，她倒温柔地朝我微笑，可是她那铁石心肠的老父亲，不分青红皂白硬是不让她看我。现在是谁在敲门？是谁又来为难我？我担保又是靴匠，那个可恶的家伙。请进！”

“啊，愿幸福伴随着你，殿下——愿上帝赐福于你，大人！我给老爷带一双新靴来了——唉，别说钱不钱的事，不着急的，一点也不急。假如尊贵的老爷能继续惠顾，我实在荣幸得很——好啦，再见[①]！”

“亲自送靴上门来了，钱也不收！走了还打躬作揖——这是君主才配享有的荣耀啊！还希望我常去惠顾他！世界莫非到了末日？所有的——请进！”

“对不起，先生，我给你带来一套新西装，只——”

“请进！！！”

“打扰打扰，万分抱歉，尊敬的阁下，我在下面为您安排了一套漂亮的房间——这个肮脏破旧的小屋哪适合——”

“请进！！！”

“我是来告诉贵君，您在我行的信用贷款曾一度中断，实在遗憾，不过现在已彻底恢复，包您称心如意。如果您能来我行支

① 原文为法语。

取，我们将荣幸之至，数额不——”

“请进！！！”

“我可贵的孩子，她归您了！她一会儿就到，把她带去吧——娶她——祝您们幸福！——上帝保佑你俩！希普，希普，[1]乌——”

“请进！！！”

“啊，乔治，我亲爱的，我们得救啦！”

“啊，玛丽，我亲爱的，我们得救啦——可这一切是为什么，怎么回事，我发誓我还蒙在鼓里！”

第五章

（场景：罗马一家咖啡馆）

一群美国绅士看着每周一版的《罗马奇闻》，转述如下：

> 奇妙的发现！——约翰·史密斯先生是一位美国绅士，他已在罗马居住几年。大约六个月前，他在坎帕尼亚[2]的西庇阿[3]家族墓地外侧，向博尔盖塞[4]公主的一个破产亲戚廉价买得一小块地。史密斯先生去政府档案局找到一个代理人，把这一小块地转让给了一个贫穷的美国艺术家，名叫乔治·阿诺德。他解释说，很久以前，他无意中给阿诺德先生经济上造成了损失，他现在这样

① 希普，由带头欢呼者连说两次和为齐声欢呼的信号。后面正要说“乌拉”。

② 坎帕尼亚，意大利南部地区。

③ 西庇阿（公元前237—前183），古罗马统帅。

④ 博尔盖塞家族为意大利一贵族世家。

做正是为了进行赔偿。他还说自己将另花一笔费用，为阿诺德先生把这块地整治一下，作为额外的补偿。就在四周前，史密斯先生对这块地作必要的整治时，挖掘出一尊古代雕像。即使在罗马丰富的艺术珍品中，该雕像也是非凡卓越的。那是一尊精美的女人雕像，虽然因为经年累月沾染泥土而色彩黯淡，但外观依旧迷人，谁见了都会为之陶醉。她的鼻子、左腿自膝盖以下部分，一只耳朵、右脚趾和一只手的两个手指都没有了，不过她高贵的身躯还保存得相当完好。政府立即军事接管了该雕像，并任命了一个由艺术评论家、文物专家和教会要员组成的委员会，确定该雕像的价值，以及对其发现地主人的酬报数额。直至昨晚，官方对此事件一直守口如瓶。与此同时，委员会房门紧闭，对这事作了审慎的商议。昨晚他们一致断定：这是一尊维纳斯雕像，其雕刻家是何人尚不得而知，不过他一定是公元前三世纪一位天资卓著的艺术家。他们认为，这尊雕像是世界迄今所知的、最完美无瑕的艺术品。

午夜时分，委员会召开最后一次会议，确定该维纳斯雕像价值达一千万法郎之巨！按照罗马法律和罗马习俗，凡在坎帕尼亚发现的所有艺术品，政府拥有一半所有权。因此政府只有付给阿诺德先生五百万法郎，方能全部拥有这尊美丽的雕像。今天上午，该雕像将运往朱庇特神庙珍藏。中午，委员会将带着罗马天皇陛下颁发的珍品转让许可证，晋谒阿诺德先生，并付给他五百万法郎金币！

大家齐声说道：“太幸运了！简直甭提了！”

又一个声音说："先生们，我提议我们立即成立一个美国股份公司，购买这儿的土地和挖掘出的雕像，并适当与华尔街联系，抬高股票。"

大家齐声道："同意。"

第六章

（场景：十年后，朱庇特神庙）

"最亲爱的玛丽，这可是世界上最驰名的雕像，就是你常听说的著名的'朱庇特神庙维纳斯雕像'。她那些小小的瑕疵已经由罗马最杰出的艺术家们'复原'——她是一件珍贵的创造品，虽然艺术家对她的修补工作十分一般，但仅此一项就足以使他们名扬天下。这地方多么奇特啊！十年来我算是过上幸福日子了，可在十年前，也就是我上次站在这儿的时候，我并不富裕——哎呀，真是身无分文。然而，创造这个杰出的罗马美女雕像，这个为世界所拥有的最伟大的古代艺术品，我是立下了汗马功劳的啊。"

"这个令人崇拜、声名显赫的朱庇特神庙维纳斯雕像，真是价值连城，竟高达一千万法郎！"

"是呀——她现在是值那么多钱。"

"啊，乔治，她真是美极了！"

哦，不是吗——可是，在那个令人快乐的约翰·史密斯打断她的腿、砸烂她的鼻子以前，她却是一文不值的。机智的史密斯！——天才的史密斯！——可贵的史密斯！为我们带来一切欢乐的人！听！你知道那喘息意味着什么吗？玛丽，咱们的小家伙患了百日咳。你永远也学不会照料好孩子吗？"

尾声

“朱庇特神庙维纳斯雕像”至今仍然珍藏在朱庇特神庙里，仍然是世界引以为豪的、最媚人、最杰出的古代艺术品。不过，假如将来你有幸站在她面前，同人们一样沉醉于她的妩媚的话，可别因为她这个真实但鲜为人知的来历而大为扫兴。当你读到，在纽约州锡拉丘兹附近或其他任何地方挖掘出了一尊男性“石化巨人”的消息，别说出自己的想法。假如把这尊石化像埋在那里的巴喃①要以高价卖给你，别买它，把它送到罗马天皇那里去好了！②

① 巴喃（1810—1891），美国戏剧主持人。

② 举世闻名的“石化巨人”欺诈事件，曾经轰动美国一时，以上小品即写于此时。——作者原注

一个奇怪的梦

包含一个寓意

前晚我做了一个奇怪的梦。我好像坐在门前的台阶上沉思默想（也许并不在一个特定的城市），时间似乎在半夜十二点或一点左右。天气温和怡人，丝毫听不见人的声音，连脚步声也没有。没有任何声音来加重那死一般的沉寂，除了远处不时传来一只狗空洞的吠叫，以及再远些另一只狗更微弱的回应声。不久，我听见从街的上方传来像骨头碰撞时发出的啪嗒啪嗒声，猜想一定是某个唱小夜曲的人发出的响板声。又过一会儿，出现了一个高大的骷髅，它头上罩着衣物，一半身子由破烂发霉的寿衣遮盖着，一条条碎布拍打在它一格格肋骨上。它大摇大摆，稳重庄严地从我身边走过，消失在灰暗阴郁的星光里。它肩上扛着一口虫蛀的破旧棺材，手里拿着一捆东西。我这时知道那啪嗒啪嗒声是怎么回事了，是这个骷髅走动时肘部敲打着两侧发出的声音。我吃了一惊，还没来得及集中思想考虑一下这个幽灵预示着什么，就听见另一个幽灵走来——因为我听得出它那啪嗒啪嗒的声音。它把棺材大部分扛在肩上，胳膊下还夹着棺材顶端和末端的木板。我很想从它罩在头上的衣物下面去探看它一眼，和它说说话；但是当它走过去，转身朝我微笑，我发现它眼窝深陷，龇牙咧嘴，这时我可就不想把它留住了。它刚一走我就又听到了啪嗒声，另一个幽灵又从半明半暗的阴影里走出来，这一个弯身背着一块沉重的墓碑，用绳子拖着一口破旧不堪的棺材。它来到我身边时，直直地盯了我一会儿，然后绕着圈儿，朝我退过来，说：

“帮我把这个放下来，好吗？”

于是我帮它把墓碑放到地上，并注意到上面刻着“约翰·巴克斯特·科普曼赫斯特”的名字，其去世日期是“1839年5月”。死者疲软地在我旁边坐下，用它较大的上颌骨擦拭着额骨——我想这主要是生前的习惯吧，因为我并没有看见它擦掉任何汗水。

“这太糟糕了，太糟糕了。”它说，把破破烂烂的寿衣拉了拉，下巴托在手上，一副沉思的样子。然后它把左脚放在膝盖上，用一只从棺材里取出来的锈钉心不在焉地刮擦着踝骨。

“什么太糟糕了，朋友？”

“唉，一切事情，一切事情，我几乎希望自己没死才好。”

“你真让我吃惊。你干吗要这样说？出啥问题了吗？怎么啦？”

“怎么啦！你看看我这身寿衣——这些破布。看看这个墓碑，都损坏得不成样子了。再看看这个丢人现眼的破旧棺材。一个人眼睁睁地看着他的那点东西被损坏，变成废物，还问它出啥问题了？这真是地狱里的磨难呀！”

“镇静一些，镇静一些，”我说。“这真是太糟了——当然是太糟了，可我没有想到，你身居那样的处境，对这些还如此介意。”

“唔，我亲爱的先生，我对它们确实介意。我的自尊受到了伤害，我的舒适也减少——可以说是给毁了。我愿意对你说说我的情况——如果你同意，我会设法让你听明白的。”这个可怜的骷髅说，把头上的寿衣破布往后拉了拉，好像它变得开朗了，准备行动似的，这样无意中显出活泼欢快的神气，与它严肃庄重的生活处境很不协调——可以这么说，而与它目前那种悲哀的心情又形成了鲜明对比。

“你说吧。”我说。

“我就住在你这条街上方一两个街区远的那个可耻破旧的墓地里——你看，我想我的软骨是要散架了——就是从底部数起的第三根肋骨，朋友，用绳子把它的末端和我的脊骨拴在一起吧，如果你有那东西的话，不过用一点银丝要舒服得多，它更耐用适合，只要让它保持光滑——想想看这样子全部散架后的情景，而这正是由于子孙们漠不关心、疏忽大意造成的！”——这可怜的幽灵磨着牙齿，那样子使我十分痛苦，不寒而栗——因为它身上既无肉又无皮，所以令人毛骨悚然。“我居住在那个破旧的墓地里，一住就是三十年。我告诉你，自从我让自己这老朽疲乏的身躯躺进坟墓以后，事情已发生了变化。我翻动身子，伸展着要长长地睡它一觉，很高兴自己已经永远永远摆脱了麻烦、悲痛、忧虑、怀疑和畏惧，舒舒服服、愉愉快快地倾听着教堂司事干活的声音——先是他的铲子在我的棺材上发出惊人的铿锵声，然后声音越来越小，变成微弱的拍打声，这声音在修建着我新家的屋顶——太让人惬意了！哎呀！我真希望你今晚去试试！”在我出神地听着时，它突然用只剩骨头的手啪地给了我一掌，才使我回过神来。

“是的，先生，三十年前我就躺在那儿，过得很快活。因为那时是在乡下——在一片高大、古老的树林里，和风轻拂，繁花似锦，轻柔的风儿与树叶窃窃私语，松鼠在我们的头上、周围雀跃，小爬虫们来看望我们，四周一片宁静，空中回荡着鸟儿优美的歌声。嗳，那时候离开人世，和人在世上活了十年一样有价值！样样事情都令人称心。我的邻居们也挺不错，住在我附近的所有死者都属于城市里最好的人家。子孙们好像很关心我们的世界。他们把我们的坟墓保持得再完美不过了；围栏总是修复得无可挑剔；棺材顶端的木板经常油漆或粉刷，一旦生锈或腐朽就立即用新的更换；墓碑保持得正正直直的，围栏完整无损，色彩鲜明，玫瑰树和灌木丛也常常修剪、培植，完美无瑕；围墙干净、平整，是用砾石筑成的。可是那样的日子已经不复存在了。子孙们已把我们忘记了。我的孙子住在一座富丽堂皇的房子里，而那房子是用我这双手挣来的钱修成的，我却睡在一个无人问津的坟墓里不断遭受害虫袭击，它们咬烂我的寿衣去筑自己的巢穴！这个城市之所以如此美好、繁荣，都是我以及和我躺在一起的朋友们打下的基础，才使它有了今天，可是我们所爱的体面的小子们都把我们丢在一个坍坏的墓地里，让我们腐坏——邻居们诅咒我们的墓地，陌生人也嘲笑它。看看过去和现在的差别吧——我们的坟墓现在全都坍塌了；棺材顶端的木板已经腐朽、倒坍；围栏摇来摇去，一个底座已悬在空中，很不稳定，很不成样子；标石好像都疲倦地倾斜着，墓碑沮丧地低着头；任何装饰物都没有了——没有玫瑰花，没有灌木丛，也没有用砾石铺成的道路，或者任何看起来舒适的东西；甚至连那个没上漆的旧木板围栏——它以前的确俨然是一副不让神圣的我们与野兽为伍、防止别人在我们神圣的领地里乱踩乱踏的样子，现在也已摇摇欲坠地倾斜到了路上，它只会让人们看到我们那凄凉的安身之地，只会引来更多的嘲笑。现在，我们已不能把贫穷的日子和破烂的衣服藏在友好的树林里了，因为城市已将它那双毁灭性的大臂远远伸到外面，将我们包围在内。我们老家剩下的唯一让人感到欢乐的东西，便是那簇阴郁悲哀的树林了，它们厌烦城市生活，将脚伸进我们的棺材里看着模模糊糊的远方，希望它们也到那里去。我告诉你这是很不光彩的！

“你开始理解了——你开始明白是怎么回事了，当我们的子孙就在城市里，在我们附近，用我们的钱过着奢侈的生活时，我们却不得不拼命不让脑壳和骨头散架。哎呀，我们的墓地里没有一座坟不漏水的——一座也没有。每次夜里一下雨，我们就不得不钻出来，爬到树上栖息——有时冰冷的水淌进来，从我们的后颈流下去，会让我们突然惊醒。然后，我告诉你，人们把那些古坟统统推掉，把古旧的墓碑统统踢倒，于是老朽的骷髅纷纷逃向树林！唉，假如像这样的一些晚上你十二点后去那里，就会看到我们多达十五人栖息在一根树枝上，我们的关节悲哀地格格作响，风呼呼地穿过我们的肋骨！许多次我们栖息在那儿，忧忧郁郁地熬过三四个小时，然后再从树上下来，浑身僵直寒冷，昏昏欲睡，互相借用头盖骨来舀去坟墓里的水——如果我把头往后斜着时你往我嘴里看看，就会发现脑袋里有一半都装满了过去的干燥沉积物——它有时真让我感到头重脚轻，非常迟钝！是呀，是呀，如果你天亮前偶然来到那里，你大多会碰见我们在舀坟墓里的水，把寿衣挂在围栏上晾干。唉，一天早晨，我的一件漂亮寿衣被偷了——我想是一个叫史密斯的人偷的，他住在那边一个平民墓地里——我之所以这么认为，是因为我第一次看见它，它身上只穿了一件格子衬衣，但上次我在新墓地的一次社交聚会看见它时，它是所有死尸中穿得最好的——而它看见我后就离开了，这可是一件意味深长的事实。不久，这儿的一个老太太又丢失了它的棺材——它无论走到哪里都随身带着，因为它容易感冒，从而引起痉挛性风湿病，如果夜间在外面露的时间太长，这种病犯起来很要命。它叫霍奇基斯——安娜·玛蒂尔达·霍奇基斯——你大概知道它吧？它嘴里只有两颗上牙，个子高大，不过老爱弯着身子，左边的一条肋骨已没有了，有一点锈色的头发披在左边，头顶上和右耳前一点也有一束，下颌用金属丝缚在一边，因为已经松动了，左前臂的小骨也没有了——是在一次打架中失掉的——它走路大摇大摆，头像是被‘吊着’的样子，双手叉腰，鼻孔向上——它一直无拘无束，现在全都给毁坏了，砸烂了，以至于看起来像一堆被砸得稀烂的英国奶油色陶器——也许你见过它吧？”

“但愿此事没发生！”我无意中脱口而出，因为我不知怎的并没料到它提出那种问题来，弄得我有点儿措手不及。但我很快就为自己的粗鲁无礼行为赔罪了，说：“我的意思只是我没有那种荣幸——我是不会有意对你的朋友说出无礼的话来的。你刚才说你被偷窃了——这也是一件可耻的事——不过从你身上穿的这件破烂寿衣看，你丢失的那件衣服当时大概是很贵重的，怎么——”

我这位客人的面容本来已显得衰弱、萎缩，此时又显出非常可怕的表情。我开始越来越感到不安和苦恼。这时它突然告诉我说，它刚才只是在精心做出一种十分狡猾、叫人莫测高深的笑容，还眨着眼睛，向我暗示就在它得到自己现在这身衣服时，邻墓的一个幽灵却丢失了一件。这才消除了我的疑虑，但我求它从此时起只一心说话，因为它的面部表情是那么变幻无常。即便它做得非常小心谨慎，也可能得不到预想的效果。尤其是它应该避免微笑。也许它真心实意认为是一件相当成功的事，在我看来有可能完全是另一番模样。我说我喜欢看见一具骷髅高兴，哪怕是有礼貌地表现出开开玩笑，但我并不认为骷髅对于微笑是把握得很好的。

“是的，朋友，”这个不幸的骷髅说，“事实就是我刚才告诉你的那些。在那些旧坟中有两座——一座是我住的，另一座在前面远一点——我们今天的子孙们已经故意不问不管了，他们再也不把此事放在心上。除了骨头觉得不舒服外——这在雨天可不是一件轻松的事——目前的事态对于我们所拥有的东西是毁灭性的。我们要么不得不搬走，要么只好甘愿看着那些东西损耗，被彻底毁坏。瞧，你很难相信这一点，然而却是真的，我所有朋友们的棺材没有一具修复得十分完好——这可是一件绝对的事实。我并不是指那些装在松木箱里用马车快速运来的地位低下的人，而是说你们那种高贵的、镶着银子的棺材，你们那种不朽的东西，它行进在一群队伍的前面，上面释放着黑烟，可以任意选择墓地——我是指像贾维斯们、布莱索们和贝尔林们等等尊贵的人。它们全都快给毁了。它们过去可是我们这些人中最富裕的。现在你看看它们——已经筋疲力尽，贫困潦倒了。布莱索家的一个人，实际上还把它的墓碑同一个刚死的酒吧老板交换了一些新刨花，以便用来垫头。我告诉你这可是意味深长的，因为一具死尸再没有比墓碑更让它自豪的了。它喜欢读那些碑文。没多久它自己就会相信上面说的话，然后你会看见它一晚又一晚坐在围栏上欣赏碑文。墓志铭是廉价的，但却能给死后带来不少好处，尤其是如果它在世时很不幸运的话。我真希望再多写一些墓志铭。瞧，我可不是抱怨，不过我心里确实感到我那些子孙们有点儿吝啬，仅仅给我一块陈旧的石板做墓碑——更有甚者，上面连一丁点赞美的话也没有。过去它上面刻着——

领应得的奖赏去了

我最初看见它时还觉得高兴，但是不久以后我注意到，不管何时我的一个老朋友走来，它都要把下巴伏在围栏上，拉长着一张脸，挨个把墓碑读过来，最后看到我的墓碑时总要暗自发笑，然后就走了，显出满意和舒心的样子。所以为了不让那些傻瓜来看，我就把碑文擦掉了。但是一个死了的人，对它的墓碑总是非常引以为豪的。现在那边过去的六个贾维斯家的人，它们家族的墓碑也随身带着。不久前史密斯们和一些雇用的幽灵也带着墓碑过去了。你好，希金斯，再见啦，老朋友！那是梅雷迪思·希金斯——1844年死的——属于墓地里我们那批人——一个很好的古老家族——它的曾祖母是个印第安人——我和它交情特别好——它刚才没听见，所以才没有回答我。我也觉得遗憾，因为我本来想把你介绍给它的。你会喜欢它的。它是你见过的关节最脱位、背部最凹陷、面部最扭曲的老骷髅，但它却风趣得很。它笑的时候听起来像是两个石头锉磨的声音，并且一开始笑时总带着活泼的尖锐刺耳声，像在窗玻璃上耙着一颗钉子一般。嗨，琼斯！它就是年老的哥伦布·琼斯——它那件寿衣花了四百美元——完全是嫁妆，包括那二千七百美元的墓碑在内。那是1826年的春天。这在当时是极其反常的作风。阿勒格尼山的死者们也一路赶来看它的那些东西——和我邻墓的那人记得很清楚。你看见现在走过来的那人了吗？它一只胳膊下夹着一块棺材顶端的木板，膝下的一根腿骨没有了，身上任何世间的东西都没有。它就是巴斯托·达尔豪西，除了哥伦布·琼斯外，它就是住进我们墓地里的最豪华奢侈的人了。我们都在迁移，无法忍受子孙们的虐待。他们开辟新的墓地，却让我们去蒙受耻辱。他们修整街道，却从不修整我们周围的东西或属于我们的东西。你看看我的这口棺材，可是我告诉你，当年它还是新的时候，如果放在这座城市的任何一间客厅里，很引人注目。你如果想要就拿去好啦——我可拿不出钱来修它。要是给它下面换上一块新的底板，顶盖部分换新，左边换一点新衬料，你会发觉它和你试过的任何一个贮藏器一样舒适。别谢我——不，不用客气——你对我一直这么有礼貌，我会把我的所有财产都给你的，不然就显得忘恩负义了。瞧，这件裹尸布就它本身看来，倒是一种可爱的东西，如果你喜欢——不喜欢？唔，就照你说的，不过我只是希望公正大方一些——我可没有什么卑鄙的事。再见啦，朋友，我得走了，今晚上大概够走一阵子了——我也不知道。我只明确一件事，那就是我此时在迁移的路上，并且再也不睡在那个破旧的坟墓里了。我会一直这样走下去，直至找到像样的住处为止，哪怕不得不走到新泽西州去。所有的朋友们都在迁移。昨晚上大家开了一个秘密会议，决定迁走，这样到太阳升起的时候我们原来的住处就连一根骨头也不会留下了。那样的坟墓也许还适合我那些幸存的朋友，但却不适合有幸能说出上面那些话的残存者。我的观点代表了大家的观点。如果你不相信，你可以去看看那些将要离开的幽灵们，在出发前是如何把东西打得个稀烂的。它们表现出了极大的厌恶，几乎算得上是暴乱了。喂，这儿来了一些布莱索家的人，你帮我抬一下这墓碑好吗，我想我可以加入到它们中间去，慢慢赶路——它们是一个相当体面的古老家族，五十年前我白天在街上行走时，总是看见它们从六匹马拉的柩车里出来，玩的都是这类舒适的东西。再见了，朋友。”

我帮它把墓碑扶上它的肩膀后，它便加入到那群可怖的队伍中去了，身后拖着那口破烂的棺材；因为尽管它如此真诚好客，硬要把棺材给我，我还是坚决拒绝了它。我想这些被遗弃的不幸的人，啪嗒啪嗒从我身边走了长达两小时，背负着那些显得阴沉凄凉的财物，这段时间我一直坐在那儿，为它们深感同情。有一两个最年轻、衣服最完整的人询问着午夜列车的情况，但是其余人好像不知道这种旅行方式，它们只是询问一些去各个市、镇的普通公路，有些公路现在地图上已经没有了，早在三十年前就从地图上、地球上消失了。少数一些也只在地图上才有，但从来没有实际存在过，而且有一些是房地产代理机构的私人财产。它们还了解那些市、镇里有关墓地的情况，以及公民们对死去的人是否尊敬，在这方面有何名声。

这整个事件使我深感有趣，也让我不由得对这些无家可归的人产生同情之心。这一切都仿佛是真的，由于我并不知道这是一个梦，我便对一个穿着寿衣的流浪者提到了我产生的想法：发表一篇关于这个奇怪而又非常可悲的大迁移的报道。但我又不能讲述得很真切，并且正如事情发生的那样，不能显得像是在拿一个严肃的问题开玩笑，对死者表现出无礼——这会使它们那些幸存的朋友震惊和忧伤的。但是这位过去的公民，如今既温和又庄重的死者高高地靠在我的门上，低声对我耳语说：

“别为那事担心。能够容忍得了我们离开那些坟墓的人，对于别人说的关于躺在它们中间被忽视遗弃的死者的任何事情，也能够容忍得了。”

就在此时一只雄鸡啼叫了，这支神秘的队伍蓦然消失，没留下任何一点骨头和破布。然后我醒了，发现我躺在床上，头低低地“垂”在床外——或许这种姿势很容易让人做那些含有寓意（但没有诗意）的梦吧。[1]

---

① 这里向读者保证，假如他所在的城市的墓地十分完好，那么这个“梦”绝非针对他的城市而言，而是狠狠地专指“另一座”城市。——作者原注

列车里的同类相食

我最近去游览了圣路易斯[1]，然后西去，在印第安纳州的特雷-霍特换乘了列车之后，一位外貌温和仁慈，大约有四十五岁或五十岁的先生在一个小站上走进车厢，在我旁边坐下；我们天南海北地谈了约一小时，十分愉快，我发现他是一个相当明智、极为有趣的人。他得知我来自华盛顿时，马上向我提出各式各样的问题，了解各种从事社会活动的人的情况，以及议会的形势。我立即看出，同我谈话的这个人对于首都政治生活的种种复杂情形都了如指掌，甚至对于国家议会上、下议院中参议员和众议员采取的方式方法和习惯程序，都知道得一清二楚。不久有两个男人在我们旁边站了片刻，其中一个对另一个说：

“哈里斯，如果你愿为我做那件事，我会永远记着你的，好朋友。”

我这位新朋友的眼神顿时露出喜色来。我想，应该是上面那些话引起了一个快乐的回忆吧。然后他显出若有所思的样子——几乎变得忧愁起来。他转身对我说：“让我告诉你一个故事，一个我生活中的一段重要秘密——这段秘密自发生以来我从未向人提过。耐心听吧，请答应不要打断我。”

我答应不打断他，于是他便讲述了下面这段奇特的冒险经

① 美国密苏里州东部城市，几乎处于美国的几何中心，在地理位置上具有重要的战略意义。

历，时而兴奋激动，时而忧郁消沉，但充满感情和真诚。

1853年12月19日，我从圣路易斯乘夜车到芝加哥去。列车上一共只有二十四名乘客，没有妇女和儿童。大家都兴高采烈，不久便互相熟识，十分快乐。旅途将会是令人高兴的；我想，绝没有任何一个旅客有丝毫恐怖的预感，但这恐怖不久就降临到了我们头上。

晚上十一点时下起大雪。列车刚一离开韦尔登小村庄就进入广阔无边的大草原，非常荒凉寂寞，阴郁沉闷，越过大片大片的土地也见不到一座房子，直至十分遥远、人烟稀少的朱比利小村落。没有任何树林和小山，甚至连乱石块也没有，狂风呼啸，畅通无阻地刮过那片平坦的荒凉之地，将飘落的雪花猛吹向前，像狂暴的海上卷起的浪花一般。地上的雪转眼间就积得厚厚的。列车的速度慢下来，根据这一点，我们就知道车头在吃力地穿过大雪山，行驶愈来愈困难。的确，大堆大堆的雪像一座座巨大的坟墓堆积在铁路上，列车有时几乎停下。人们的谈话减少了，欢乐已荡然无存，取而代之的是沉重的忧虑。他们有可能会被囚禁在漫天大雪里，在这荒凉的大草原上，这儿五十英里内见不到一座房子——人人都想到了这种可能性，因此大家都感到沮丧不堪。

我一夜不得安宁，凌晨两点时，列车戛然而止，周围一片沉静，我被惊醒了。那令人震惊的事实立即闪过我的脑际——我们像囚犯一样被围困在大雪堆里了！“大家都去救援！”有人喊道。每个人都服从指挥跳出车去。外面狂暴的夜晚一片漆黑，大雪纷飞，风暴凶猛，每一颗心都在不停地跳着，大家意识到现在失去片刻时间，就可能在劫难逃。铁锹、双手、木板——任何可以搬走积雪的东西，都立即被用上了。这是一个离奇古怪的场面，一小群疯狂的男人在与越积越高的雪抗争着，一半人在漆黑的阴影里，一半人映照在强烈的反光灯里。只需短短一小时，就足以证明我们的努力是全然无济于事的。我们在雪地里挖走一个雪堆，暴风就卷来一打雪堆挡住道路。而更糟糕的是，我们发现火车头刚才向着大敌猛冲时，把纵向的主动轴给撞坏了！即便前面的道路畅通无阻，我们也仍然无可奈何。我们疲惫不堪地钻进车厢，充满悲哀。大家聚集在炉火旁，严肃而详细地讨论着眼前的处境。我们已经没有任何食物了——这是最让人苦恼的事。冻僵是不可能的，因为煤水车厢里还有不少木头。这可是我们唯一的安慰。讨论最后结束时，大家同意了列车员令人沮丧的结论：像这样的处境，任何人步行五十英里都只会是死路一条。我们又无法让人来援救，即使把情况报告出去了也没有用。我们必须忍受，尽量耐心等待——要么获救，要么饿死！我想即便是最勇敢的人，听到这些话都会打起寒战。

在这一小时里，人们谈论着列车，声音越来越小，到后来只零零星星有一点喃喃低语，不时被一起一落的狂风打断。灯光更加昏暗，大多数遭此不幸的人都待在摇曳不定的阴影里，思考着——忘记眼前的处境，要是他们能够的话——如果有可能，他们还会蒙头大睡。

这个无穷无尽的夜晚——它对于我们来说无疑好似无穷无尽一般——终于缓慢地一小时一小时过去了，东方开始出现了冷冷的、灰白的曙光。天色越来越亮，旅客们一个个骚动起来，有了生的迹象，挨个把自己头上低垂的帽子抬起，伸伸僵直的四肢，望着窗外那死气沉沉的景色。那的确是死气沉沉的！——举目见不到任何一个生物，见不到一间住房，除了一望无际的白雪外什么也没有，狂风卷起大片大片的雪花四处飘飞——漫天旋转飞舞的雪花将整个天空给遮盖了。

一整天我们都在打扫列车周围的积雪，嘴上说的少，心里想的多。接着又是一个缠绵不去、阴郁沉闷的夜晚——还有饥饿。

又一个黎明到来——又一个寂寞、忧郁、饥饿的日子，大家身体消瘦下去，绝望地盼着被救援出去——但这是不可能到来的。又一个不安宁的夜晚，人人睡眠中都充满了宴会的梦境——不时又醒来，因饥饿而痛苦不堪。

第四天来了又去了——第五天又过去！我们已经在那里被囚禁了五天，多么可怕啊！凶猛的饥饿直盯着每一个人的眼睛，其中包含着一种迹象，一种可怕的意义——某种隐隐约约产生于每个人心里的预兆，某种谁也不敢用语言表达出来的东西。

第六天过去——第七天又降临到这群形容枯槁、绝望的男人身上，他们犹如置身于死神的阴影里一般。现在必须和盘托出了！每个人心里逐渐形成的东西终于要脱口而出！他们的生命力已经承受了最大的压力——它不得不屈服了。明尼苏达州那位身材高大、面色苍白如死尸般的理查德·H.加斯顿站了起来。人人都知道将要发生什么事。人人都准备着——任何感情，任何不安的外表都被压制下去——每个人的眼里刚才还显得那么疯狂，现在已经平静下来，露出若有所思、严肃认真的样子。

“先生们，不能再拖下去了！时间已迫在眉睫。我们必须决定谁先死，以便给其余的人提供食物！”

伊利诺伊州的约翰·J.威廉斯站起来说：“先生们——我提议田纳西州的詹姆斯·索耶牧师。”

印第安纳州的威姆·R.亚当斯先生说：“我提议纽约市的丹尼尔·斯洛特先生。”

查尔斯·J.兰登说：“我提议圣路易斯的塞缪尔·A.鲍恩先生。”

斯洛特先生说："先生们——我不同意，我提议新泽西州的大学生约翰·A.范诺斯特兰德先生。"

加斯顿先生说："如果没有反对意见，这位先生的请求就可以接受了。"

范诺斯特兰德先生表示反对，斯洛特先生的辞呈也被拒绝。索耶和鲍恩先生也提出了辞呈，但都因为同样的理由被拒绝。

俄亥俄州的A.L.巴斯科姆先生说："我建议大家不要再提名了，议院应该着手投票选举。"

索耶先生说："我真诚地反对这些做法。这完全是不合规范，不合礼节的。我恳求大家立即停止这些提名，选举出一名会议主席和一些适当的官员来协助他，这样我们才能明智地处理好眼前的事情。"

艾奥瓦州的贝尔先生说："先生们，我反对。现在不是讲求形式、拘泥礼节的时候，我们已经七天多没吃一点东西了。我们把时间浪费在这些无用的讨论上，每损失一分钟都会增加我们的痛苦。我对那些已有的提名表示满意——我相信每个在场的先生都满意——就我而言，我不明白为什么我们不立即从他们当中选出一个或更多的人。我希望提出一个决议——"

加斯顿先生说："大家不会同意的，照你那样又得耽搁一天时间，你想不拖延，结果恰恰就把时间拖延了。新泽西州的那位先生——"

范斯诺特兰德先生说："先生们，我在你们当中算是一个陌生人，我还没看出我和你们有什么不同，我感到棘手的是——"

亚拉巴马州的摩根先生打断道："我提议照前面说的办。"

这个提议被通过了，当然没有再经过辩论。大家又通过了选举官员的提议，结果加斯顿先生当选为主席，布莱克被选为秘书，霍尔库姆、戴尔和鲍德温几位先生组成提名委员会，R.M.豪兰先生被选为伙食承办人，协助委员会进行选举。

然后大家休息半小时，接着便召开了短时间的干部会议。听到主席敲木槌的声音，与会者们就聚集到一起，委员会报告说赞同肯塔基州的乔治·弗格森、路易斯安那州的卢西恩·赫尔曼和科罗拉多州的W.梅西克作为候选人。这个报告通过了。

密苏里州的罗杰斯先生说："主席先生——既然这个报告在议院面前已经算是正当的了，我就提议修正一下，让圣路易斯的卢修斯·哈里斯先生取代赫尔曼先生，我们都知道前者是一个可敬正直的人。路易斯安那的那位先生颇有名望，品性优良，我并没有要扫他脸面的意思——绝对没有。我和这里其他人一样尊敬他，对他怀着敬意，但谁也不能无视这一事实：我们待在这儿的一周里，他比我们任何一个都消瘦得多——谁也不能无视这一事实：委员会没有尽到职责，它赞成了我们的选票，推举出一位身上的营养成分比任何人都少的先生，不管他自己的动机多么纯洁——这要么是由于粗心大意，要么是犯了一个更严重的错误。"

主席说："请密苏里州的那位先生就座。作为主席，我不允许对委员会的公正提出质疑，除非依照正当的程序，照章办事。议院对这位先生的提议有何意见？"

弗吉尼亚州的哈利迪先生说："我提议进一步修正这篇报告，让俄勒冈的哈维·戴维斯先生取代梅西克先生。先生们也许会坚持认为，边远地区非常艰苦，物质匮乏，那儿的生活已使得戴维斯先生非常坚韧了。但是，先生们，难道现在是对坚韧强硬进行挑剔的时候吗？难道这是对区区小事过分讲究的时候吗？难道这是对那些微不足道的事进行争辩的时候吗？不，先生们，我们需要的是肥硕的身躯。物资、体重和肥硕的身躯——这些才是我们现在最急需的东西——而不是天资、才华、教育。我坚持我的提议。”

摩根先生兴奋地说：“主席先生，我强烈反对这个修正案。俄勒冈的那位先生太老了，再说他也只是骨骼大，肉并不多。我倒想问问弗吉尼亚的那位先生，是否我们需要的是汤而不是固体食物呢？他是否要用幻影来欺骗我们？是否要用俄勒冈的一个幽灵来嘲笑我们的痛苦？我倒要问问，他是否能看看身边这些焦虑不堪的面容，是否能盯盯我们这些忧郁悲哀的眼睛，是否能听听我们这些满怀期待的跳动的心，然后仍然要把这个饥肠辘辘的假货抛给我们呢？我倒要问问他是否能想想我们这凄凉的处境，我们过去这些天的悲哀，我们阴暗的未来，然后仍然要无情地把这个老朽的废物，这个踉踉跄跄的骗人东西，这个一身骨头关节、萎靡不振、有气无力，从荒凉的俄勒冈海岸来的流浪汉硬塞给我们呢？绝不能！”（众人鼓掌。）

经过激烈的辩论后，大家对这个修正案进行表决，结果没能通过。人们让哈里斯先生依照第一个修正案将另一人取代，然后开始了无记名投票。有五人未加任何选择就被一致通过了。第六个人选了哈里斯先生，除他自己外，全体都投了他的票。然后大家提议说，应该鼓掌通过他的选举，但仍然没成功，因为他再一次反对自己入选。

拉德韦先生提议说，议院现在继续选举余下的候选人，并选出一个供大家早餐的人。人们于是照此进行。

第一次投票两方票数相等，有一半成员赞同一个候选人，说他年富力强；一半人赞同另一个候选人，说他身材高大。主席对后者梅西克先生投出了决定性的一票。这个决定在失败的候选人弗格森先生的朋友们中引起极大不满；他们谈论着，要求重新投票选举。但这时通过了休会的提议，于是会议立即解散了。

接下来大家准备晚餐，因此很长时间内转移了弗格森一派的注意力，没有再谈论他们的不满。然后，正当他们又要咕哝抱怨时，传来了令人愉快的消息——哈里斯先生乐意入选了，因此大家的一切想法也都烟消云散。

我们把列车座位的靠背支撑起来，临时铺成桌子，然后坐下。七天来我们真是受尽折磨，现在面对如此丰富的晚餐，我们实在是一饱眼福，心里充满了感激之情。此刻的我们与短短几小时前相比，有着怎样的天壤之别啊！那时是满怀绝望，两眼悲哀，饥肠辘辘，焦虑不堪。而现在是充满感激，平静安详，高兴万分——这心情难以用语言表达。我知道，那是我一生中最快乐的时刻。狂风在怒号，雪花疯狂地在我们的牢房四周飞舞，但它们现在已无能为力，再也不能让我们苦恼了。我喜欢哈里斯，他也许还应该煮得更熟一些，但我直言不讳地说，没有谁比哈里斯更适合我的胃了，让我感到如此满意。梅西克也挺不错，虽然味道过重了点，但是要说真正的营养和肉质的精美，我宁愿要哈里斯。梅西克有他的长处——我并不否认这一点，也不想这样做——但他和木乃伊一样不适合用作早餐，先生——一点也不适合。瘦弱？——唉，我的天啊！——坚韧？啊，他是很坚韧！你简直想象不出，你绝对想象不出。

“你是不是要告诉我——”

“请别打断我。早饭后我们选举了一个底特律市的名叫沃克的人作晚餐。他实在不错。我后来还写信把这事告诉了他太太。他真是值得大加赞扬。我永远也不会忘记沃克的。他有点儿罕见，但确实挺不错。第二天我们早餐吃了亚拉巴马的摩根。他是我吃过的最好的一个人——外貌英俊，受过教育，举止优雅，能流利讲几种语言——一位完美无缺的先生——的确是一位完美无缺的先生，体汁丰富。晚餐我们吃了俄勒冈的那个老者，他毫无疑问是一个冒牌货——年老，瘦削，坚韧，谁也无法形容其真实情况。最后我说，先生们，随你们怎么做都行，不过我愿意等着吃另一个人选。伊利诺斯的格兰姆斯也说，'先生们，我也愿意等。等你们选一个可取的人时，我会很高兴又和你们共餐的。不久，事件变得十分明显——大家对俄勒冈的戴维斯普遍感到不满，因此，为了保持自从吃了哈里斯以来一直令人愉快的感觉，我们又进行了一次选举，结果是佐治亚州的贝克被选上了。他真是美妙极了！唔，唔——那以后我们又吃了杜利特尔、霍金斯、麦克尔罗伊（大家对麦克尔罗伊有些抱怨，因为他矮小瘦弱得出奇）、彭罗德、两个史密斯、贝利（贝利有一只木腿，这绝对是损失，不过他其他方面还是很好的）、一个印度男孩、一个在街头演奏手摇风琴营生的人、一个名叫巴克敏斯特的先生——一个可怜的流浪汉，木头木脑的人，一点不值得与之为友，也毫无早餐的价值。我们很高兴他在救援到来之前入选了。"

"这么说你们很幸运，救援终于真的到来了？"

"是的，那是一个阳光明媚的早晨，我们刚好选举完毕。这次约翰·墨菲当选，再没有比他更好的了，我愿意证实这一点。然而约翰·墨菲乘坐那辆来救援我们的列车一起回来了，并且还活下来娶了寡妇哈里斯——"

"她就是——"

"就是第一个当选人的寡妇。他娶了她，如今生活幸福，受人尊敬，事事顺利。哈，这真像是一部小说，先生——像一个传奇故事。我到站了，先生，我得和你告别了。任何时候你方便时到我那儿去住一两天，我都会很欢迎的。我喜欢你，先生。我已经对你产生了好感。我喜欢你如同喜欢哈里斯本人一样，先生。再见了，先生，祝你旅途愉快。”

他走了。我一生中从没感到如此震惊，如此苦恼，如此迷惑。但我心里还是很高兴他走了。尽管他举止那么文雅，声音那么柔和，可只要那饥饿的眼神对着我，我就会不寒而栗。当我听说我已得到了他那危险的好感，我几乎和已故的哈里斯一样受到他的尊敬，我的心简直就停止了跳动！

我心中的迷惑无法形容。我并不怀疑他说的话。他讲述的那件事也如真实的经历一样认真严肃，我根本提不出任何质疑。但是那些可怕的细节使我无法忍受，我的思绪也因此被弄得烦乱不堪，充满绝望。我看见列车员正盯着我，于是问道：“那个人是谁呢？”

“他曾经是议会中的一名议员，一个好人。可是有一次他乘坐的列车陷入大雪堆里出不来，他浑身都给冻僵了，由于缺少食物被弄得筋疲力尽，事后病了两三个月，神志不清。现在他好了，只是成了一个妄想狂，一旦讲起哪个老话题，他就会喋喋不休，直到他把自己所说的列车上的所有人都吃光为止。要不是他必须在这儿下车，这个时候他大概也把所有的那些人吃光了。他对那些人的名字就像A、B、C一样记得滚瓜烂熟。他把全部人都吃光后（除了他自己外），总是说：‘然后又该照往常一样选举一个用作早餐的人了，由于无人反对我按时当选，之后我拒绝了，又无任何异议，所以我现在才站在这儿。’”

当我得知，自己所听到的不过是一个疯子并无害处的异想天开的狂言，而不是残忍的人吃人的真实经历时，感到了难以形容的宽慰。

牛肉大合同真相

我希望用尽可能少的话，让国民们知道在这件事中我占了多大的份，不管这份额是多么微小——这件事使公众们如此不安，引起了如此大的仇视，使两大洲的报纸充满了歪曲的陈述和过分的评论。

这件可悲的事起因如下——我在此声明，下面所说的经历的每一个事实，都可以由大政府的官方记载中得到充分证实：

> 已故新泽西州切芒格县罗特丹镇的约翰·威尔逊·麦肯齐，大约于1861年10月10日这天，与大政府签订了一份合同，向舍曼上将供应总数三十桶[①]牛肉。

这很不错。于是他带着牛肉起身去找舍曼，可当他赶到华盛顿时，舍曼已去了马纳萨斯州，所以他就带着牛肉赶到了那儿，但迟了一步。他又跟到纳什维尔州，从纳什维尔追到查塔努加，又从查塔努加追到亚特兰大——但他就是怎么也追赶不上舍曼。在亚特兰大他重新开始，一直跟踪着舍曼的行程，直至海岸。他又晚到几天，并且听说舍曼将取道贵格城[②]去圣地[③]，所以他便乘

① 一种容量单位，在美国一般等于31.5加仑。

② 美国费城的别称。

③ 指耶稣的故乡巴勒斯坦。

船去了贝鲁特[1]，打算从那儿再乘另一艘轮船前往。他带着牛肉赶到耶路撒冷时，得知舍曼并没有乘船到贵格城，而是去大平原[2]打印第安人了。他便回到美国，再出发去落基山脉。他在大平原上千辛万苦跋涉了六十八天，在离舍曼的总部只有四英里远时，被印第安人用战斧劈死，削去头皮，牛肉也被他们夺去，只有一桶没被夺走——是舍曼的军队把它抢回来的。因此，即使这位勇敢的航海者丢掉了性命，他还是部分地履行了合同。他在遗嘱中（他把它像日记一样保存着），要求把这份合同传给他的儿子巴塞洛缪·沃。巴塞洛缪·沃列出如下账单后，不久就去世了：

美国

据已故新泽西州约翰·威尔逊·麦肯齐的账目记录，他供应舍曼上将三十桶牛肉，每桶100美元，计3000美元；

旅费和运费：14000美元；

共计应收：17000美元。

然后他就去世了。不过他把合同留给了W.J.马丁，马丁设法去收那笔欠款，但款没收到也去世了。他把合同留给了巴克·J.艾伦，艾伦也设法去收款，他也没能幸免。巴克·J.艾伦把合同留给了安森·G.罗杰斯，罗杰斯又设法去收款，以至于来到了“第九审计员办公室”，此时死神——这位伟大的平均主义者——不召即来了，同样将他排除于世。他将合同单留给了康涅狄格州的一个亲戚，名叫文吉思·霍普金斯，这个亲戚只活了四周零两天，根据记录他最充分地利用了时间，到达了“第十二审计员办公

① 黎巴嫩首都。

② 在美国密西西比河流域以西。

室”。他在遗嘱中把这份合同转交给了他的叔叔，名叫快乐的约翰逊。这真让快乐的约翰逊大受其害。他临终时这样说道：“别为我哭泣——是我愿意去的。”于是他就去了，可怜的人。之后又有七人继承了这份合同，但他们全都死了。最后合同落到我手里。是我印第安纳州的一个亲戚哈伯德——贝思尔赫姆·哈伯德传给我的。他长期以来对我抱有怨恨。但在临终时他把我叫去，宽恕了我的一切，哭泣着，把这份牛肉合同交给了我。

合同的历史到此告一段落，现在这笔财产转到了我手里。我在这件事当中都得到了什么，现在我要直言不讳地把一切有关事宜公之于世。我带着这份牛肉合同以及按里计数的旅费和运费账单，找到了美国总统。

他说：“哦，先生，你需要什么帮助吗？”

我说：“总统阁下，大约于1861年10月10日这天，已故新泽西州切芒格县罗特丹镇的约翰·威尔逊·麦肯齐，与大政府签订了一份合同，向舍曼上将供应总数三十桶牛肉——”

总统这时打断了我，把我从他面前赶走了——他友好和蔼，但却十分坚决。第二天，我去拜访了国务卿。

他说：“哟，先生？”

我说：“国务卿先生，大约于1861年10月10日这天，已故新泽西州切芒格县罗特丹镇的约翰·威尔逊·麦肯齐，与大政府签订了一份合同，向舍曼上将供应总数三十桶牛肉——”

“好啦，先生——好啦，本机关与牛肉合同毫无关系。”

我被恭敬地请出来。我把此事仔仔细细想了一遍，最后，我又去拜访了海军部长。他说：“说快些，先生，可别让我等着。”

我说：“部长先生，大约于1861年的10月10日这天，已故新泽西州切芒格县罗特丹镇的约翰·威尔逊·麦肯齐，与大政府签订了一份合同，向舍曼上将供应总数三十桶牛肉——”

唉，我就只能说到这儿。他与向舍曼上将供应牛肉的合同也毫无关系。我开始觉得这真是一个稀奇古怪的政府。他们好像有点儿想不付那笔牛肉款似的。于是次日我又去找到了内政部长。

我说：“部长先生，大约于1861年10月10日——”

“够了，先生，我先前已听说了你的事。走吧，把你那个臭名远扬的牛肉合同也带出本机关。内政部与陆军生活供应一点关系也没有。”

我只好走了，不过非常恼怒。我说我还会常去的。我要去把这个办事不公的政府每一个部门都找遍，直到把这份合同的事处理好为止。我要么收到这笔账，要么像我的前任者们一样在痛苦中死去。我质问邮政部长，我缠磨农业部，我拦路问众议院议长。他们都与陆军牛肉合同无关。我又进一步去逼问专利局局长。

我说：“尊贵的阁下，大约于——”

“真该死！你终于又把你那个煽动人心的牛肉合同带到这儿来了吗？我们与陆军的牛肉合同毫无关系，我亲爱的先生。”

“哦，那好嘛——但总得有人付牛肉款，而且现在就必须付，不然我就要把这个老专利局和它所有的东西没收。”

“可是，我亲爱的先生——”

“没有什么两样，先生。专利局应该付那笔牛肉款，我想。不管应不应该，专利局都必须得付。”

详细情况就别管了。最后我们双方打起来，专利局取胜。不过我也发现了对自己有利的东西。他们说我应该去找财政部才对。于是我就去了那儿。我等了两个半小时才见到财政部长。

我说：“最高尚、庄严和尊敬的先生，大约于1861年10月10日，约翰·威尔逊·麦肯——”

“够啦够啦，先生。我已听说了你的事。去找财政部第一审计员吧。”

我照办了。第一审计员让我去找第二审计员。第二审计员让我去找第三审计员，第三审计员又让我去找“咸牛肉科第一审计员”。到此才开始显得像办事的样子了。他查了他的登记簿和所有散乱的文件，但根本没见着牛肉合同的底稿。我又去找了“咸牛肉科第二审计员”。他查了他的登记簿和散乱的文件，也毫无所获。他鼓励我去找其他部门。在那一周里我一直找到了该科的第六审计员，第二周我找了“索赔部”，第三周我找了“合同丢失部”，并在“推测部”立脚。我用三天完成了对该部的查询。现在只留下一个地方了。我又去磨缠“琐事处处长”。更确切地说，是去磨缠他的秘书——因为他本人不在。办公室里有十六个年轻美丽的小姐。她们在登记簿里写着东西，另有七个年轻漂亮的职员在教她们如何写。年轻小姐们面带微笑抬起头来，职员们同样报以微笑，一切如婚礼的钟声那么欢快。有两三个正在看报的职员非常严厉地盯了我一眼，仍然继续看报纸，谁也没说什么。不过，从我走进“咸牛肉科”第一办公室起，一直到从“推测部”最后一个办公室出来，我在这不平凡的经历中，对于“第四助理小职员们”的那种活泼欢快的行为已习以为常了。我此时已相当熟练，以至于从走进一间办公室起到职员开口和我说话为止，我都能用一只脚站着，换脚的次数也超不过两三次。

但此时我站在那儿，一直换了四次脚。然后我对一个看报的职员说：

“著名的流浪汉，请问那崇高的土耳其人在哪里？”

“你什么意思，先生？你指的是谁？如果你指的是科长的话，他出去了。”

“他今天要来看这些女人们吗？”

这个小伙子盯了我片刻，又继续看他的报纸。不过我知道那些职员的习惯作风。我知道，假如在另一批纽约邮件到来之前他把手中的报纸看完，我都会平安无事的。他只剩下两张报纸没看了。一会儿他把报纸看完，然后打着呵欠，问我有什么事。

“著名而光荣的笨人，大约于——”

“原来你就是那个处理牛肉合同的人呀。把合同、账单给我吧。”

他接过去，用很长时间把他那些零零星星的东西翻了个遍。他终于找到了“西北航道”①，如我所认为的——他找到了丢失很久的牛肉合同档案——他找到了那个祸根，我那许多的先驱尚未到达它之前就丧命了。我深为感动。不过我也十分欣喜——因为我算是幸存下来了。我激动地说：“把它给我。政府现在该解决了。”他挥手阻止我，说有些事还得先办了再说。

“这个约翰·威尔逊·麦肯齐在哪里？”他问。

“死了。”

“啥时候死的？”

“他根本不是自己死的——他是被杀害的。”

“怎么被杀的？”

“用战斧劈死的。”

“谁用战斧劈死他的？”

“唉，当然是一个印第安人。你总不会认为是主日学校的校长干的，对吧？”

“不会。一个印第安人，是吗？”

“正是。”

① 西北航道在北美大陆和北极群岛之间。此处为比喻。

"那个印第安人叫什么名字？"

"他的名字？我可不知道他的名字？"

"必须要知道他的名字。谁看见他用战斧杀人了？"

"不知道。"

"这么说你当时不在场？"

"根据我的头发你也能看得出，我不在现场。"

"那么你又是如何知道麦肯齐死了呢？"

"因为他那时无疑是死了，我有充分理由相信他从那以后就死了。事实上，我就知道他是死了。"

"我们必须要有证据。你抓住那个印第安人了吗？"

"当然没有。"

"唔，你得抓住他才行。那把战斧你拿到没有呢？"

"我可从来没想到这种事。"

"你必须拿到那把战斧。你必须交出印第安人和战斧才行。如果这些能证明麦肯齐的死，那么你就可以去找指定审查索赔的委员会，才有机会使你收账的事有所进展，你的孩子们今后才可能领到那些钱去享受。但那个人的死必须证实。然而，我不妨告诉你，政府绝不会支付那个可悲的麦肯齐的运费和旅费。它或许会支付舍曼的士兵们夺到的那桶牛肉的钱，假如你能通过国会得到一份救济单，让它为此拨一笔款子。不过它不会支付印第安人吃掉的那二十九桶牛肉。"

"这么说只应该付我一百美元了，那是不行的！毕竟麦肯齐带着牛肉跑到了欧洲、亚洲和美洲。毕竟他经历了那么多的艰苦和磨难，花了那么多运费，毕竟所有那些试图去收账的无辜的人送了命！小伙子，为什么那个'咸牛肉科第一审计员'不告诉我这些呢？"

“你索赔的真实情况他一点也不知道。”

“那为什么第二审计员不告诉我？为什么第三审计员不告诉我？为什么所有那些科和部的人都不告诉我？”

“他们谁也不知道。我们这儿是按常规程序办事的。你按这个程序做了，并了解到你想知道的东西。这是最好的办法，也是唯一的办法。这是非常正规的，它相当缓慢，不过却是非常必然的。”

“是呀，必然去送死。我们大多数人不是这样吗。我也开始感到死神在召唤我了。小伙子，你喜欢那边那个生着优美的蓝眼睛、两个耳朵后面嵌着钢笔、欢欢喜喜的人儿吧——我从你那温柔的眼神里就看得出来，你想要娶她——但是你没钱。好啦，把手伸出来——把这个牛肉合同拿去，快去吧，娶她做妻子，祝你们幸福！愿上帝保佑你们，我的孩子！”

这就是我所知道的这份牛肉大合同的全部情况，它在社会上引起了众多议论。接到合同的那个职员已经死了。我再也不知道那份合同的其他情况，或者任何与之有关的人的情况。我只知道如果一个人能长命百岁的话，他就能够通过华盛顿“办事拖拉的官僚机关”查找出某件事情，并在经过千辛万苦、重重困难、一拖再拖之后，查明他本该在第一天就查明的事——假如那个“办事拖拉的官僚机关”处理事情能巧妙灵活、有条不紊的话——如果它是一个庞大的私人商业机构，它便会这样。

我怎样编辑农业报

我临时编辑了一份农业报，但总是感到担忧。这正如让一个新水手去指挥一条船，他也必然会担忧的。不过我当时的情况是以获取薪水为目的。那位正式的报纸编辑要外出度假，我便接受了他提出的条件，暂时取代他的位置。

我又开始工作了，这种感觉非常令人愉快，所以我一周自始至终都干得兴致勃勃。我们把编辑的稿子拿去付印，我有些焦虑地等了一天，想看看我努力的成果是否会引起人们的注意。日落时分我离开办公室时，站在楼底的一群男人和男孩突然一推，散开为我让出一条路来，我还听见他们中有一两个人说："就是他！"这事自然使我高兴啦。次日早晨，我发现楼底又站着类似的一群人，街上和路那边也站着一些人，有的三三两两一起，有的单个站在那里，他们都饶有兴趣地看着我。我走近时楼下那群人便散开、退后，我听见一个男人说，"看他的眼神！"我假装没有看到大家对我的注意，但心里却暗自高兴，打算写一封信把这事告诉我姑母。我爬上那段不高的楼梯，走进办公室门口时又听到了人们欢快的声音和清脆的笑声。我把门打开，便瞧见两个乡下人模样的青年男子，他们一看见我脸就发白、拉长了，然后一起纵身从窗口跳出去，发出巨大的碰撞声。这使我大吃一惊。

大约半小时后，一位老先生走进我的办公室，他胡须松散，面容好看但相当严肃。我请他坐下来，他好像有什么心事。他取下帽子放到地板上，从里面拿出一张红色的丝织手帕和一份我们的报纸。他把报纸放到膝盖上，一边用手帕擦着眼镜，一边说：“你就是新来的编辑吗？”

我说：“是。”

“你以前编辑过农业报没有？”

“没有，”我说，“这是我第一次尝试。”

“太可能了。你对农业是否有过实际的经验呢？”

“没有，我想没有吧。”

“某种本能告诉我如此。”老先生说。他戴上眼镜，眼睛严厉地从眼镜上方盯着我，把报纸适当折起来。“我希望给你读读大概使我产生那种本能的一段话。就是这篇社论。你听听，看看是不是你写的：

‘萝卜绝不要去扯，那会损坏它们。让男孩爬上树去把萝卜摇下来，这样好得多。’

瞧，你觉得这话如何？——我真认为是你写的。”

“觉得？嗳，我觉得不错嘛。我觉得是合情合理的。仅仅在这个区，每年就有数以百万蒲式耳[①]萝卜，因为在半成熟时就被扯掉而遭到损坏，假如让男孩爬上树去摇——”

“摇你个奶奶！萝卜是长在树上的吗？”

“哦，不是，是吗？唉，谁说它们长在树上了？我的话是比喻，完完全全是打比方。任何一个明白点事理的人，都会知道我的意思是男孩应该去摇藤子。”

然后这个老头儿站起身，把手中的报纸撕得粉碎，还用脚去踩那些碎片，用手杖砸烂了几件东西，说我还不如一头牛懂得多。之后

① 计量谷物等的容量单位，在美国等于35.238升。

他便走出去，砰地把门关上。我想他那样做是因为有什么不高兴的事吧，但我又不知道是什么惹得他心烦了，所以一点忙也帮不上。

这以后不久，一个身材高大、面色苍白的人冲进门。他细长的头发披在肩上，一星期没有修面了，凹凸不平的脸上密密麻麻长满了短髭。他一动不动地停在那里，一只手指放在嘴唇上，低头弯腰在倾听着什么。什么声音也没有，但他仍然在倾听。还是悄无声息。然后他在门上转动钥匙，小心谨慎地踮着脚尖朝我走来，但离我还有相当一段距离时就停下了。他非常有趣地仔细打量一下我的面容，从胸前衣襟里取出一张折好的报纸，说：

“瞧，这就是你写的。读给我听听——快点：安慰安慰我，我现在心里可不好受。”

我便读了下面几段话。当句子一一从我嘴里吐出时，我看见他真的得到安慰了，我看见他紧张的肌肉松弛下来，脸上的忧虑消失，并悄然地显出平静、安宁的神情，宛如荒凉的原野上映照着仁慈的目光：

> 鹱是一种漂亮的鸟，但饲养这种鸟必须精心护理。引进此鸟早不能超过6月，晚不能超过9月。冬天应将其置于温暖处，让它在那儿孵出小鸟。
>
> 显然，今年种谷物的季节将来得晚一些。因此，农夫们最好在7月而不是8月开始栽插玉米秆和种植荞麦片。
>
> 关于南瓜问题。新英格兰内地的人很喜欢这种浆果，与醋栗相比，他们更喜欢用南瓜制作水果蛋糕。他们也更喜欢用它而不是用山莓饲养牛，因为南瓜让人满意，它把肚子填得更满、更饱一些。除了葫芦和一两种其他瓜外，南瓜是能在北方生长繁茂的柑橘属植物中唯一可食用的。但是人

们习惯于在前园把它和灌木一起种植，这种做法早已过时，因为现在大家普遍承认把南瓜作为一种遮阴树是不行的。

目前天气在转暖和，雄鹅开始产卵——

老先生兴奋地听着我读，这时纵身朝我冲过来和我握手，说：

"好啦，好啦——行啦。我知道我现在一切都好了，因为你正像我一样一字一字把它读了。但是，我陌生的朋友，我今天早晨刚读到这篇文章时，就对自己说我以前可是绝不相信的，尽管我的朋友们对我严加监视。不过我相信我现在是发疯了。因此我当时发出一声号叫，你在两英里远也许能听得见，然后我就开始出去杀人——因为你明白，我知道这事迟早会发生的，所以我不妨早开始。我又给他们读了一段文章，以便弄确实，然后我就烧毁自己的房屋出发了。我把几个人弄成残废，把一个家伙弄到树上，我随时要他都可以去那儿取。不过我想路过你这儿时还是进来拜访一下，以便把事情完全弄确切。现在事情是确切无疑了，我得对你说，树上那家伙可有运气。要不然，我回去时就把他给杀了。再见，先生，再见，你大大消除了我的思想负担。我的理智经受了你关于农业的一篇文章的严峻考验，我知道现在任何东西也不能使我失去理智了。再见，先生。"

他一直饶有兴趣地去残害人，去纵火，我对此感到有点儿不安，不禁觉得自己间接也与那些事有关。但这些想法很快就消失了，因为这时那位正式的编辑走进来。（我心里想，假如你照我说的去了埃及的话，我也许就有机会熟悉工作了。可是你没去，却回来了，我原先就有所预料。）

编辑显出悲哀、迷惑和沮丧的样子。

他环视着那个年老的暴乱者和两个年轻农夫损坏的一些东西，

然后说："这是一件可悲的事——一件非常可悲的事。胶水瓶被砸烂了，还有六块玻璃、一只痰盂和两个烛台也砸烂了。可这还不是最糟糕的。这张报纸的名誉给毁了——恐怕永远给毁了。不错，以前对这份报纸从来没有这么大的需求，它的发行量从来没有这么大，它也从未有过这么高的名声。可是难道一个人想以自己疯狂的行为来出名吗？想通过他不健全的心智来获取成功吗？我的朋友？我可是一个诚实正直的人。外面街上站满了人群，另外一些人爬上围栏，他们等着要瞧一眼你，因为他们认为你是个疯子。看了你那些社论，他们当然有理由那样认为了。这是新闻业的一种耻辱。唉，你怎么会想到编辑这样一种报纸呢？你似乎连最基本的农业知识都不知道呀。你把耕地和耙地说成是一回事，你谈论牛脱毛的季节，你建议把鸡貂拿来驯养，因为它顽皮，很会捕鼠！你说如果把音乐放给蛤蜊听，它们就会默不作声，你那种说法是多余的——完全是多余的。任何东西都打扰不了蛤蜊的。它们总是默不作声。蛤蜊一点也不在乎音乐。哎呀呀，朋友！假如你生活的目的就是为了愚昧无知的话，那么你今天取得的成绩是再好不过的了。我还从未见过这样的事。你说欧洲七叶树作为一种商品，正越来越受到人们喜爱，这简直是存心要把这张报纸给毁了。我希望你把工作放下离开这里。我不想再度什么假了——它不会让我快乐的。有你在我的位置上，我当然不会高兴。我会老是害怕你下一步又要提出什么建议了。我一想到你以'园艺美化'为题去讨论牡蛎养殖场问题，就忍无可忍。我希望你走好啦。任何事情都无法劝服我再去度假了。唉，你干吗不告诉我你对农业一窍不通呢？"

"告诉你，你这个玉米秆，洋白菜，花椰菜的儿子！我还是第一次听到这么无情无义的话呢。告诉你吧，我干编辑这个行当已经十四年了，可我还是第一次听到，一个人要编辑一份报纸就必须懂得什么。你这个萝卜！是谁为那些二流报纸写的戏剧短评？唉，是那一群身份提高了的鞋匠和药剂师学徒，他们对于好的表演所知道的，也和我对于好的农业生产所知道的一样多，绝不比我更多。是谁写的那些书评？是从来就没写过一本书的人。是谁装扮成严肃庄重的金融领导人？是那些对金融最可能一无所知的人。是谁在批评印第安战役？是那些分不清什么是warwhoop与wigwam[①]的人，是那些从来不用带着印第安人的石斧奔跑，或者从他们家人身上拔出几支箭晚上用来生营火的人。是谁写的禁酒呼吁，看见酒从杯子里溢出来就大声叫嚷？是那些直到进了坟墓才愿沾点酒气的人。是谁编辑的农业报呢，你吗——山芋？一般说来，那些在创作诗歌、黄色小说、产生轰动效应的戏剧和担任本地新闻编辑主任没能成功的人，最后又回到农业上来，把它作为自己从贫民院出来的临时缓和的场所。你倒极力告诉我有关报纸的事情！先生，办报纸从头到尾的事我都经历过了，我告诉你，一个人知道得越少，他引起的喧闹越大，挣得的薪水越高。天知道，假如我无知而不是有素养，冒失而不是胆怯，我也许早就在这个冷酷自私的世界里声名远扬了。我得走了，先生。既然你这样对待我，我非常乐意离开。不过我已经尽到了自己的责任。我已经尽我所能履行了合同。我说过能让报纸使所有阶层的人都感到有趣——这我已经做到了。我说过能让你的报纸发行量达到两万份，假如我再干两个星期也就能达到了。我给你吸引来了任何一份农业报有过的、最优秀的读者——其中没有一个农夫，也没有一个能够区分西瓜树和桃子藤从而救了自己命的人。我们的关系破裂了，但你是输家，而不是我，食用大黄。再见。”

我于是一走了之。

---

① warwhoop，印第安人作战时的呐喊。Wigwam，印第安人用树皮、兽皮等搭成的棚屋。

好男孩的故事

从前有一个好男孩名叫雅各布·布利文斯。他总是听爸爸妈妈的话，不管他们的要求多么荒唐无理。他总是读自己的书，在主日学校里从不迟到。他从不逃学，即使他能清醒判断出那是他所能做的、最有益的事。任何一个男孩都不能让他到外面去，他的行为非常奇怪。他也不撒谎，不管这多么方便。他只是说撒谎是不对的，这对他来说就足够了。他如此正直诚实，以至于简直显得荒谬可笑。雅各布那些稀奇古怪的习惯任何东西都无可比拟。星期天他不打弹子游戏，他不会去洗劫鸟巢，不会把刚发行的硬币丢给在街头演奏手摇风琴营生的人的猴子，任何合理的娱乐他似乎都不感兴趣。所以其他男孩子常常努力推想这件事，想要弄明白他是怎么回事，但是他们无法得到一个满意的结论。正如我前面所说，他们只能产生一种模糊的想法，那就是他心里觉得"苦恼"，所以他们便保护起他来，绝不要他受到任何伤害。

这个好男孩读所有主日学校的教科书，书是他最大的乐趣。这便是此事的全部秘密。他相信主日学校的教科书里那些好男孩的故事，对于他们深信不疑。他多么想遇见其中一个尚在世的孩子呀，但从来没有。也许他们在他出生前全都死了。每当读到一个特别好的男孩子的故事，他就急不可待地要读完，想知道那个好男孩结果如何。因为他希望能赶数千英里路程去看看那个人，但这毫无用处。那个好男孩在最后一章里总要死去，还配有一幅葬礼的图画，画上他所有的亲戚和主日学校的孩子们都站着围聚在他墓旁。他们穿的裤子太短，戴的帽子又太大了，人人都在哭泣，用大大的手擦着眼泪。他总是这样子被引开了，从来看不到其中的一个好男孩，因为他在最后一章总是必死无疑。

雅各布有一个崇高的志向，希望自己能被写进主日学校的教科书里。他希望自己被写进去，并配有一些图画，有的表明他如何值得称道，拒绝向母亲撒谎，母亲如何为此高兴得哭了；有的表明他正站在门前台阶上，把一枚钱给一个有六个孩子的乞丐妇女，告诉她随便怎么花都行，但不要浪费，因为浪费是一种罪过；有的表明他如何宽宏大量，拒不告发那个坏小子，他放学时这个坏小子老在拐角处等他，他用一根板条打那坏小子的头，然后赶他回家，一边还说：“嗨！嗨！”那便是年幼的雅各布·布利文斯的志向，他希望自己被写进主日学校的书里。有时他想到好男孩们总是命不长，心里便感到有点不安。他热爱生活，你知道，而这是做一个主日学校教科书里的好男孩最令人不快的特征。他知道做好人身体总是不健康的。他知道，要想像书中的男孩们那样好得非同一般，那比患了结核病更要人的命。他知道以前没有一个好男孩能活得长久，想到如果人们把他写进书里他也不会看到，他就感到痛苦；或者即使他死之前书出版了，它也不会受欢迎的，因为书背面没有他葬礼的图片。一本主日学校教科书如果没有他在临终时给人们的忠告，那它还有多少意义呢。所以最后他当然只好做出决定，在现有的情况下尽量表现得好一些——好好生活，尽可能活得长一些，一旦要告别人世时便把临终的话全部准备好。

可是不知怎的，事情对于这个好男孩总不如意，教科书里那些好男孩遇到的事从来不发生在他身上。他们总是过得快快乐乐的，坏小子们总要把腿折断；但就他的情况而言不知什么地方出了问题，事情的结果都截然相反。当他发现吉姆·布莱克在偷苹果时，他便走到树下，给吉姆读一个坏男孩的故事，那坏男孩从邻居的树上掉下去摔断了胳膊。吉姆真的也从树上掉了下来，但却落在他身上，撞断了他的胳膊，而吉姆却安然无恙。雅各布弄不明白，教科书里从没有这样的事。

有一次，一些坏男孩把一个瞎子推倒在泥浆里，雅各布看见跑过去把他扶起来，希望得到他的祝福。可是瞎子不但根本没有祝福他，反而还用手杖打他的头，说雅各布要是再推他，然后又装作扶他起来的样子，自己还会打他的。这与任何教科书里讲的都不一致。为了弄明白，雅各布把所有的教科书都看完了。

雅各布想做一件事，就是发现一只无处安身、又饥又饿、受人虐待的癞狗，把它带回家好好宠爱，让狗对他永远感激不尽。他终于发现了一只，十分高兴，把狗带回家喂养。可是他正要爱抚狗时，狗愤怒地向他扑去，除了他衣服前襟外其余地方都被撕掉了，让他出尽了洋相，令人吃惊。他仔细查看了那些权威典籍，但就是弄不明白这件事。这只狗和教科书里讲的那些狗完全属于同一种类，但却表现得迥然不同。这个男孩不管做什么事都要遇到麻烦。完全相同的事，教科书里的男孩们做了总是得到奖赏，而他做了却几乎总是最无益处。

有一次他在去主日学校的路上，看见一些坏男孩正开帆船出去玩耍。他顿时万分惊恐，因为他从读的书中知道，男孩们礼拜天出去划船没有不被淹死的。所以他坐上一只救生筏赶去警告他们，但自己却被一条圆木撞翻掉进河里。他很快被一个男人救起，医生把水从他肚里排出来，他才重新开始正常呼吸，但是他仍然患了感冒，在床上躺了九个礼拜。不过这件事最不可思议的是那些坏男孩坐船出去快快乐乐玩了一整天，个个都平安无事回到了家，那让人再震惊不过了。雅各布·布利文斯知道教科书里从来没有说过这样的事，他因此惊讶得发呆。

他病好以后感到有点儿沮丧，但不管怎样他还是决心继续努力。他知道迄今为止他的经历还不足以写进书里，不过他还没有达到分配给好男孩们的生命期限，他仍然希望能够创造出一种最高纪录，假如他能一直活到自己的生命期限结束。如果一切都失败了，他还可以求助于自己的临终赠言呢。

他又查阅了自己的权威典籍，发现该去当水手做一名船舱服务员了。他去拜访了一名船长，提出自己的申请，当船长要求他拿出推荐信时，他自豪地取出一篇短文并指着上面的一句话："送给雅各布·布利文斯——深爱你的老师。"可是船长是个粗鲁庸俗的人，他说："啊，该死！那绝不能证明你懂得如何洗盘子或处理伙房废弃的油脂桶，估计你是不需要它的吧。"雅各布活到现在还从没遇到过如此离奇的事。一位老师把赞扬的话写在纸上，那些感情最温柔的船长没有不为此感动的，你可以凭着这种赞扬找到一切在他们权限范围内的体面有益的工作——他读过的任何一本书里都还没有过这种赞扬。他简直不相信自己所感受到的东西。

这个男孩子总是过得不称心如意，他没有遇到一件事是与权威典籍一致的。最后，有一天当他四处寻找坏男孩们提出忠告时，发现不少坏男孩在那个陈旧的铸铁厂里，准备拿十四五条狗开玩笑，把它们拴成长长的一队，正要把一些空的硝化甘油[①]罐紧紧系在狗尾上作装饰。这可伤了雅各布的心。他坐在一个甘油罐上（因为当面临职责时他是绝不在乎什么油脂的），抓住最前面的一条狗的颈圈，带着责

① 硝化甘油是一种有机化合物，有强烈的爆炸性。

备的眼光盯住那个捣蛋的汤姆·琼斯。但就在此时市政委员会委员麦克威尔特满腔愤怒地走了进来。所有的坏男孩们立即逃之夭夭，但雅各布·布利文斯只是站起身，明白自己是清白无辜的，并开始像主日学校小小的教科书里说的一样庄严地说道："啊，先生！"（教科书里人们讲话时总是这样开始的）事实上，任何男孩不管好坏都从不会以"啊，先生"开始说话，所以他与他们完全是彼此对立的。

可市政委员会委员根本不听他后面的话。他揪住雅各布·布利文斯的耳朵团团转，狠狠地用手掌打他的身后。转瞬间这个好男孩猛地射出了房顶，高高地飞向太阳，那十五条狗的碎片像风筝的尾巴一样跟在他身后。无论是那个市政委员还是陈旧的铸铁厂都从地球上消失得无影无踪了，至于年幼的雅各布·布利文斯，他根本就没有机会说出他的临终赠言，虽然他费尽心血做好了准备——他只有去对那些鸟儿们讲了。因为，尽管他的身躯正好落在邻近一个县的树顶上，但身子其余部分却分别落到了周围四个乡区，所以人们不得不对他进行五次验尸，以便查明他是否死了，究竟是怎么回事。你可从没见过一个男孩子这样四分五裂到处撒落吧。①

这个好男孩就这样夭折了，他尽了自己最大的努力表现，但结果却并不像教科书里讲的那样。每个像他那样去做的男孩子都取得了成功，就是他失败了。他这种情况实在非凡异常，其中的原因大概永远也说不清了。

---

① 这个甘油大祸是借用的一则不确定的新闻，其作者姓名我如果知道也就写在这里了。——作者原注

这样说就足够了："我宁愿你不要去做那些事。"——指游泳、滑冰、野餐、采浆果、玩马戏等等之类男孩们喜欢的事。但对乔治来说，没有任何回答是足够的。你不得不迁就他，满足他的各种要求，不然他就要变得专横不讲道理，非去做不可。自然，他游泳、滑冰、摘浆果等等比任何一个男孩的次数都多，比任何一个男孩都玩得开心。夏季的夜晚，好心的布兰兹夫妇不让孩子们九点钟以后出去，因为那时他们要睡觉了。爱德华老老实实待在家里，但乔治常常快到十点时从窗口溜出去，一直痛痛快快玩到半夜才回家。要打破乔治这个坏习惯似乎是不可能的，不过布兰兹夫妇让他玩棒球的球，打弹弓与游泳，终于把他留在了家里。善良的布兰兹夫妇把他们所有的时间和精力都千方百计用来管教乔治，但却徒劳无益。他们感激涕零地说，爱德华根本不需要他们操心，他那么好，那么体贴人，不管在哪一方面都是完美无缺的。

不久以后两个孩子长大了，可以工作了，所以布兰兹夫妇便让他们去学一门手艺。爱德华心甘情愿地听了大人的话，而乔治却是哄着、用东西诓着去的。爱德华勤勤恳恳地劳动着，已不再成为善良的布兰兹夫妇的经济负担，他们称赞他，师傅也称赞他。但乔治却跑走了，布兰兹先生不但花钱还添了不少麻烦才把他找回来。没过多久他又一次跑掉——又让布兰兹夫妇花更多的钱，操更多的心找回他。可是他第三次又跑掉——这一次还随身偷走了几样小东西。布兰兹先生不得不再一次花钱费心去找回他，此外，还非常非常艰难地才说服了师傅，不要去告发这个青年的偷盗行为。

爱德华踏踏实实地工作着，终于成了师傅生意上的正式合伙人。乔治却没有长进。两个年老的恩人对他一片爱心，他却老给他们添麻烦，为了不让他给毁了，两个老人什么样的新花招都用尽了。爱德华还是个孩子的时候，就已经对主日学校、辩论社团、小型传教活动、抗烟组织、抗渎神协会等等之类的事感兴趣了。长大成人以后，他开始帮助教会、禁酒会，以及所有旨在救助、提高人们道德的活动，尽管做得默默无闻，但却是扎扎实实，很可信赖的。人们并没有对此说什么，也没有产生任何注意——因为那是他“天生的爱好”。

最后，两位老人去世了。他们留下的遗嘱表明了他们对于爱德华的喜爱和自豪，而只给乔治留下少量财产——因为他“需要”，而这都要“归功于慷慨的上帝”。爱德华却不是这样。财产留给乔治是有条件的，他必须用这笔钱买下爱德华的合伙人全部产权，不然这笔钱就要捐献给一个叫作“囚犯朋友会”的慈善组织。老人们还留下一封信，恳求亲爱的儿子爱德华替他们照管好乔治，像他们一样帮助和保护他。

爱德华恭恭敬敬接受了两老的恳求，乔治因此成为他生意上的合伙人。但他并不是一个有用的合伙人：以前他一直爱贪杯，现在很快就成了一个酒徒，经常喝酒，从他那副肉体、那双眼睛就看得出来，讨厌极了。一段时间来，爱德华在向一个温和可爱、生气勃勃的姑娘求爱。他们俩相亲相爱，并且——可就在这个时候乔治却开始去缠她了。他眼泪汪汪地向她哀求，最后她哭着去找爱德华，说他面前明明白白摆着崇高而神圣的职责——她绝不能让自己自私的欲望去妨碍这一职责：她必须嫁给“可怜的乔治”，“使他改过自新”。这会使她心碎的，他知道会这样，还会有别的痛苦；但职责归职责。所以她就嫁给了乔治，爱德华的心和她的心一样几乎快碎了。然而，爱德华从悲痛中恢复过来，并娶了另一个姑娘——同样也十分出色。

两个家庭都有了孩子。玛丽尽她最大的努力诚心诚意帮助丈夫改过自新，但是这个任务对她来说也太艰巨了。乔治继续酗酒，没多久便虐待起她和孩子来。许许多多的人都努力帮助乔治——事实上他们总是如此——但他厚颜无耻地把这些帮助当作是自己应得的权益，是别人的职责，所以并未改过自新。不久他又添上一个恶习——暗地里搞赌博。他弄得债务累累，凭着商行的信用向别人借钱，并且尽量做得隐秘一些。他长期采用这种方式，一直非常成功，可是有一天上午该县的行政司法长官接管了他们的商行，两个表兄弟才发现自己身无分文了。

现在他们的日子过得十分艰难，情况越来越糟。爱德华一家人搬进一个阁楼里，他日夜漫步在街上，寻找工作。他四处恳求，但实在难以找到。他非常吃惊地发现，自己的面容多么快就变得不受欢迎了。他吃惊而伤心地发现，过去人们曾经对他的那种兴趣多么快就消失得无踪无影了。然而，他还是必须找到工作，所以他只好忍气吞声，把苦恼往肚里咽，继续辛辛苦苦地找工作。他终于找到了一个活儿：用砖斗把砖块搬上梯子，结果又得到了人们的感激。但那以后没有任何人知道他或关心他了。他本来属于各种从事道德教育的组织，但现在也无力维持那些应交的费用，眼看着自己被停职，蒙受耻辱，他也不得不忍受这种内心的剧痛。

但是公众对爱德华的认识和关心越是消失得快，乔治却越是快地在他们之中脱颖而出。一天早晨他被发现躺在街沟里，衣衫褴褛，喝得醉醺醺的。一位“妇女禁酒避难所”的成员把他弄出沟来，负责照看他，为他筹备到了一些捐款，让他整整一个星期都没喝醉过，然后还替他找到一份工作，此事报上还做了报道。

于是人们普遍被这个可怜的家伙引起了注意，众多的人挺身而出，支持他和鼓励他，帮助他改过自新。两个月里他滴酒未沾，同时还深受善良的人们宠爱。然后他又栽倒了——栽在街沟里；大家对此又感到苦恼和悲哀。但是高尚的姐妹们再一次挽救了他。她们把他收拾得整整洁洁，喂他吃的，听着他那些可悲而动听的忏悔，又替他找到了一份工作。这个可怜的畜生，这个在致命的烈酒中挣扎的牺牲品，现在又得以恢复正常，全城的人因此沉浸在幸福的泪水中，报上又发表了关于此事的报道。人们又掀起一场声势浩大的禁酒运动，运动主席先作了一番振奋人心的讲话，然后激动地说："现在我们要征求签名了；我想你们眼前将出现一个奇观，这个大厅里的人见了十有八九都会流泪的。"这时大家意味深长地停顿片刻，然后乔治由"妇女禁酒避难所"一小队身系红腰带的成员护送着，登上讲台并在誓约上签了字。空中顿时传来雷鸣般的掌声，人人都高兴得哭了。大会结束后人人都去紧紧握着这个改过自新的人的手；第二天，他的薪水增加了；他成了全市人谈论的话题，成了全市的英雄。报上对此又作了报道。

乔治每隔三个月都要有规律地栽倒一次，但每次都被切切实实地救起，得到人们帮助，得到好的工作。最后，他作为一个改过自新的酒徒被带到全国各地去演讲，听众成千上万，他做了大量有益的工作。

他在国内深受人们欢迎和信任——当然是在他清醒的时候——他甚至可以凭一个重要公民的名字，在银行里提取大量现金。他因为犯下伪造罪而造成恶果，为了救他人们施加了巨大压力并取得一些成功——他只被判处两年的"监禁"。一年结束时，那些仁慈的人们通过孜孜不倦的努力获得了成功，他衣兜里揣着一份赦免状从监狱里走出来，"囚犯朋友会"的人在门口迎接他，为他提供了一份薪水不错的工作，所有其他乐善好施的人们都走上前来，给他以忠告、鼓励和帮助。有一次爱德华陷入极度的困境时，曾向“囚犯朋友会”申请过工作，但一句“你做过囚犯吗？”的问话，就把他的申请简短地回绝了。

当发生这一切事情的时候，爱德华却一直默默地在逆境中挣扎着。他仍然过着贫穷的生活，不过有了一份稳定、足以度日的薪水，他当上了一家银行的出纳员，受人尊敬，值得信赖。乔治从未来找过他，也从未听说打听过他的情况。现在乔治已经很长时间不在城里了，他在外面为所欲为。人们对他有些不好的言论，但又没有什么确切的东西。

一个冬天的夜晚，一些戴着面罩的夜盗强行闯入银行，发现只有爱德华一个人在里面。他们要求他说出“暗码锁”的密码，让他们打开保险箱，但他拒不从命。他们威胁说要他的命。他说他的雇主们信任他，他不能背叛这种信任。如果必须的话他可以去死，但只要还活着他就要忠于职守，所以他是不会说出“暗码锁”的密码的。因此，夜盗们就把他杀害了。

侦探追捕到了罪犯，其首犯原来就是乔治。人们对死者的孤儿寡妇寄予了广泛同情，全国所有报纸都在请求全国所有的银行慷慨解囊，资助他那个现在失去经济来源的家庭，以表明对被杀害的出纳员忠于职守的英勇行为的赞赏。结果是汇聚起了一大堆硬币，有五百美元以上——约占联邦每家银行一分钱的八分之三。出纳员所在的那家银行为了证明它的感激，极力表明（但却可耻地失败了）它这位盖世无双的雇员的账目尚未结清，为了避免被发觉和处罚，他用一根大头短棒打碎了自己脑袋。

乔治要被提审了。人人都为可怜的乔治担忧，他们似乎把死者的孤儿寡妇忘记了。为了救他，凡是金钱和权势能够做的都做了，但一切都白搭：他被判处死刑。于是一份份减刑或赦免的请愿书立即向着州长纷至沓来。它们有的是眼泪汪汪的年轻姑娘送来，有的是悲哀忧郁的老处女送来，有的是哀婉的寡妇们派代表送来，还有的是成群结队、令人感动的孤儿们送来的。但是不行，州长——就这一次——坚决不让步。

现在乔治信起宗教来了。这个令人高兴的消息四处传开。从那时起他的单人牢房总是有许多姑娘、妇女和鲜花。那儿一整天都在祷告、唱赞歌、做感恩祈祷、布道、哭泣，从不间断，只是偶尔才停顿五分钟吃茶点，喝喝饮料。

这种情况一直到执行绞刑时才结束，乔治头戴黑帽，眼见当地最可爱、最优秀的观众在为他悲哀恸哭，不无自豪地“回老家”去了。一段时间他的坟墓上天天都摆着鲜花，墓碑上在一只高高地指着的手下面刻着这样的文字：“他英勇地战斗过了。”

而在勇敢的出纳员的墓碑上则刻着这样的碑文：“要纯洁，诚实，认真，勤奋，体贴别人，你永远都会——”

任何人都不知道是谁让那样刻的，但碑文就是这样刻着。

据说出纳员一家人的生计现在难以维持，不过没关系。对于如此英勇忠诚的行为，许许多多满怀感激的人是希望给予报偿的，他们筹集了四万两千美元——用这笔款修建了一座“纪念教堂”。

麦克威廉斯夫妇与防盗铃

我们顺顺利利、愉愉快快谈着话，从天气谈到庄稼，从庄稼谈到文学，从文学谈到丑闻，从丑闻谈到宗教。然后话题随意一转，扯到防盗铃上面去了。这时，麦克威廉斯先生才开始显出激动的样子。只要我一察觉他脸上的这种表情，就明白是怎么回事，于是闭口不言，以便让他有机会一吐自己的心事。只听他激动不安地说道：

“我才不在乎那些防盗铃呢，吐温先生——一点也不在乎——我告诉你是怎么回事吧。那次我们对房子进行最后的装修时，发现还剩了一点现款，管子工不知道。我说把这点钱拿去做开导异教徒的工作，因为不知怎的，我对异教徒总是怀有恶感。可是麦克威廉斯太太不同意，她说还是去买一个防盗铃。我同意了这个妥协。不过我得说明一下，不管哪个时候我想要一样东西，而麦克威廉斯太太却想要另一样东西时，我们就决定选麦克威廉斯太太想要的东西——我们历来如此——她把这称为妥协。好吧，那个人从纽约来为我们安装好防盗铃，收了三百二十美元，说这下我们可以放心大胆地睡觉了。事实上也的确如此——大约安安稳稳睡了一个月吧。然后有一天晚上我们闻到了烟味，太太让我起来去看看是怎么回事。我点燃一支蜡烛，朝楼梯走去，遇见一个夜盗正提着一篮子马口铁器皿从一个房间走出来，因为天黑，他把那些东西误认为是纯银了。他正用烟斗抽着烟。我说："朋友，我们这屋子里不允许吸烟。"他说他是刚来的，当然不可能知道这个房子里的规则，还说他到过许多房子，它们和我们的房子差不多，但从来没有人反对过他吸烟。他又说，就他的经验而言，不管怎样，人们从来不认为这些规则对夜盗是适用的。

我说："既然人们习惯如此，那你就抽吧，不过我倒认为把一个特权给夜贼而不给主教，就明显反映出这个时代太自由放纵了。咱们姑且抛开这一切不论，你防盗铃也不按一下，这样偷偷摸摸钻进房子来做什么？"

他显得迷惑不解而害臊的样子，为难地说："请千万原谅。我不知道你有防盗铃，不然我就按响它了。我求你别在我父母面前提这件事，以免让他们听见了，因为他们年老体弱。我的行为显得十分放肆，打破了我们基督文明神圣的习俗。在苍白短暂的现实与庄严伟大的永恒深处之间，暗中横跨着一座易断的桥梁，我的行为也许太粗野无礼，会使那座桥梁断裂。能麻烦你把火柴递给我吗？"

我说："你的观点使你焕发光彩，不过假如你不反对我说的话，使用隐喻并不是你的拿手货。你自己走过去拿吧，那种东西只放在箱子上，事实上也很少在那儿——如果我的经验靠得住。但还是言归正传吧：你是怎么进到这儿来的呢？"

"从二楼窗户进来的。"

原来如此。我按照典当商的价格赎回马口铁器皿，花了还不足广告费的钱，然后与夜贼道晚安，等他出去后关好窗户，回到总部报告去了。第二天上午我们叫来安装防盗铃的人，他解释说铃之所以"不响"，是因为除第一层楼外其他几层楼都没有与防盗铃连接上。这简直是愚蠢无知，你不如在战斗中除了腿上外其他地方都不戴盔甲。那个防盗铃专家现在把整个二楼都连接上了防盗铃，又收了三百美元，走了。没过多久，一天晚上我发现一个夜贼在三楼上，正带着许多杂七杂八的财物要从梯子上下去。我首先产生的冲动是想用台球的弹子棒砸烂他的头，但第二个冲动是忍住不那样做，因为他处在我和弹子棒之间。第二个冲动显然是合理的，所以我就克制着，并开始和他妥协。我先将他偷的财产折价百分之十，因为他使用了我的梯子，然后以先前的价格赎回。次日，我们再一次叫来防盗铃专家，让他把第三层楼也接上防盗铃，又付了三百美元。

这时“警报信号器”已变得臃肿不堪。它上面有四十七个标签，标明各个房间和烟囱的名称，占去一个普通衣柜的空间。铃有一个脸盆那么大，就安装在我们的床头。马车夫住在马厩里，从我们的房子到他住的地方也接了一根线，一个很贵的铃子就安装在他的枕头旁边。

要不是因为还有一个缺陷，我们也就舒舒服服的了。每天早晨五点钟厨师郑重其事地打开厨房门，防盗铃就会发出剧烈的声响！第一次发生这种情况时，我以为一定是最后的审判日到了。我并非在床上想到的——不，而是早离开了床——因为你一听到那可怕的铃声就会猛然冲过去，砰地撞在墙上，身子蜷作一团，像蜘蛛在火炉盖上蠕动一般，直到有人关上厨房门为止。这个防盗铃发出的声音太可怕了，任何吵闹声都远不是它的对手，这是确凿无疑的事实。唉，这个大灾难每天早晨五点钟定时降临，使我们失掉三个小时的睡眠。因为，你注意，当那东西吵醒你时，不是只在某一时刻。它确确实实把你的睡意赶得一干二净，接下来你便要在十八个小时保持清醒状态——这十八个小时的清醒状态是非常非常不可思议的，你一生也难得遇到这种情况。有一次，一个陌生人死了，由我们负责照管，我们把屋子腾出来，一整夜都把他放在里面。那陌生人是在等待“最后审判日”吗？不是，先生。第二天早晨五点钟，他果断而毫不虚饰地起床了。我就知道他会的，我对此了如指掌。他得到了他的人身保险金，从此过着快乐的生活，因为有充分证据证明他的死十分正当，符合保险条例。

唉，不久以后我们搬到一间更好的屋子去睡，因为每天都要失掉几个小时的睡眠。最后我们又叫来那个防盗铃专家，他在门外安装了一根线和一个开关，而男管家托马斯总要在那上面出点差错——他晚上睡觉时把防盗铃关掉，早晨天亮时又把它打开，而这时正是厨师来开厨房门的时候，因此那铃声就弄得我们猛冲过去，有时和我们中间这个或那个人一起撞破一扇窗户。一周过去后，我们才意识到这个开关的事欺骗了我们，使我们落入圈套。我们还发现一帮夜贼这期间都住在我们的房子里——确切说来也不是为了偷东西，因为房里财物已所剩无几——而是为了逃避警察，因为警察把他们追逼得十分紧迫，而他们狡猾地断定侦探绝不会想到一帮夜盗会在这所房子里来躲避——这房子因为受到全美国最优良、最精制的防盗铃保护而远近闻名了。

我们又叫来了防盗铃专家，这次想到一个令人赞叹不已的主意——把线路调整了一下，这样只要厨房一打开就会关掉防盗铃。这真是一个极好的主意，他因此又收取了费用。不过你已经预料到结果会怎样了。我每晚就寝时都要把防盗铃打开，托马斯的记性太差，我再也信不过他。但是房里的灯刚一关掉，夜贼们就从厨房门进来，没等厨师早晨进屋就先把防盗铃关掉了。你瞧我们的处境真是越来越糟糕。数月来我们没留下一个客人，因为再没有多余的床了，所有的床都被夜贼们占去。

最后，我自己想到一个对策，并叫来那位专家。他接了一根地线到马厩，在那儿安装了三个开关，于是车夫就能打开、关掉防盗铃。这样做太好了，一段时间我们十分安宁，并且又请来了朋友，生活过得快快乐乐。

没过多久，这个无法控制的防盗铃又产生了一个新缺陷。一个冬天的晚上，可怕的防盗铃突然铃声大作，我们猛地跳下床去，跌跌绊绊来到警报信号器处，开大煤气灯，看见“儿童室”几个字显示出来，麦克威廉斯太太顿时昏死过去，我自己也差点如此。我抓起猎枪，一边听那令人震惊的嗡嗡声继续响着，一边测定车夫行动的时间。我知道铃声也将他猛然赶下床了，他一穿好衣服就会拿起枪冲出来的。我觉得时机已成熟，便蹑手蹑脚走进儿童室隔壁的房间，往那窗口望下去，隐隐约约看到车夫的身影在下面院子里，正向我举枪致礼，等待时机。我冲进儿童室并开枪射击，一见我的枪口发出红色的火光，车夫同时也开了枪。我们两个都打中了，结果我让一个保姆成为残废，他把我后面的头发全部打掉。我们开大煤气灯，打电话叫医生。其实根本不见一个夜盗的踪影，也没有任何一扇窗户被打开。有一块玻璃不见了，不过那是被车夫的子弹打掉的。这真是天大的秘密——防盗铃在半夜竟然自动“鸣响”，而附近却没有一个夜盗！

我们像往常一样找来了那位专家，他解释说那是一个“骗人的警报”，说这很容易调整好。于是他把儿童室的窗户进行彻底检修，按照有偿服务价格收取费用，然后离开了。

在后来的三年里，骗人的警报使我们痛苦不堪，其情形无法用笔墨形容。头三个月里，我总是抓起枪冲向警报指示的房间，车夫也总是拿起他的一套东西冲出来协助我。但是根本没有什么可射击的——窗户全都关得严严实实，安全可靠。第二天，我们总是叫来那个专家，他把一扇扇窗户固定好，这样它们一周左右都会安安静静的。不过他绝不会忘记给我们送来一份类似这样的账单：

金属线	2.15美元
螺纹接套	0.75美元
两小时工作	1.50美元
蜂蜡	0.47美元
绝缘胶布	0.34美元
螺丝	0.15美元
电池再充电	0.98美元
三小时工作	2.25美元
绳子	0.02美元
猪油	0.66美元
池塘清理	1.25美元
50号弹簧	2.00美元
火车费	7.25美元
合计	19.77美元

终于出现了一件非常自然的事——即：我们听到三四百次骗人的警报并采取行动之后，就干脆不理它了。不错，原来防盗铃一响我就猛冲出屋去，现在我只是镇定自若地从床上爬起来，平平静静地检查警报信号器，记下它所指示的房间。然后我平平静静地把那个房间与防盗铃断开，又回到床上去，好像什么事也没发生似的。另外，我从此再也没有使用那个房间了，也没叫防盗

铃专家来。唔，不用说随着时间推移，所有的房间都被取消了防盗铃装置，整个设备都被搁置起来。

这段时间我们的房子没受到保护，也就在这时，最大的灾难发生了。一天晚上，夜盗们进来搬走了防盗铃！是的，先生，彻彻底底搬走了，他们极力把它拆散下来，有弹簧、铃子、电池等等，还弄走了一百五十英里长的铜线。他们把它完全清扫出去了，任何东西都没剩下——我们连诅咒——我是说发誓的东西也没有。

为了把它弄回来我们费了一些时间，不过总算弄回来了，是现款交易的。防盗铃公司说，我们现在需要的是把它纠正一下就行了——在窗孔内安装上他们新的专利发条，这样就不可能出现骗人的警报，另外再安装上他们新的专利钟，这样防盗铃早晨晚上都可自动关掉和打开。这似乎是一个好办法。他们答应过十天把这一切事情办妥。于是他们着手工作，而我们则外出避暑去了。他们干了几天之后，也自个儿避暑去了。从此夜盗们迁到我的房里，也开始了他们的暑假。秋天我们回来时，发现房子里像啤酒柜一样空空如也，屋子像是粉刷工们刚粉刷过一般。我们又买来家具把房子重新布置一番，然后催促防盗铃专家来。他来了，干完活后说："现在这钟调在每晚十点打开防盗铃，每天早晨五点四十五分关掉。你只需每周给它上一次发条，其余都不用管了——它会自己照管好防盗铃的。"

那以后的三个月里，我们都过得非常平静安宁。费用当然是惊人的，不过我说过，要等证实这新设备完美无缺后我才付款。我们定明的时间是三个月。所以我就付了账单，可是就在第二天上午十点钟防盗铃嗡嗡嗡地响了，像一万只蜜蜂成群涌来一般。根据使用说明我把指针拨到十二点，就能把防盗铃关掉了。可到了晚上又出现另一个故障，我不得不把它又拨回到十二点以前，以便再打开防盗铃。这样胡闹了两三个星期，然后那个专家又来安装上了一只新钟，在其后的三年里他每隔三个月都要来换上一只新钟，但总是不成功。他的钟全部都有同一个反常的毛病：白天会把防盗铃打开，晚上又把防盗铃关掉；假如你强迫把它打开，那么你刚转身一走它们就会把防盗铃又关掉。

瞧，这就是那个防盗铃的历史——我说的一切都是事实，一点不少，也绝没有丝毫恶意。是的，先生——我和夜盗们同在一个房子里睡了九年，整个期间都在不断维修着一个昂贵的防盗铃，结果受保护的是他们而不是我，并且一切费用由我一人承担——我根本不可能让他们掏出一分钱来——所以我就对麦克威廉斯太太说，那样的好事情我已尝够了。这样，在她完全同意之下，我把那堆东西全都拆掉，拿去换了一只狗，然后用枪把狗打死了。我不知道你对防盗铃是怎么看的，吐温先生，不过我认为它们都是专门为了夜盗的利益而生产的。是的，先生，一只防盗铃本身兼有了一切对于火灾、暴乱者反感的性质，与此同时又根本没有这样或那样得以补偿的好处——这些好处通常是与那个联合体连在一起的。再见啦，我得离开这里了。

失窃的白象[1]

［一］

我在铁道部门偶然相识一个人，他向我讲述了下面这件稀奇古怪的事。他是一个彬彬有礼的先生，七十多岁，面容非常慈善温和，举止十分热诚真挚，因此说出的每一句话都清楚地给人留下了真实印象。他说：

你知道暹罗[2]的人对那头白色御象多么尊敬。你知道它在国王们看来是神圣的。只有国王才可能拥有它，也就是说，它的确有比国王略高一筹的意味，因为人们不仅尊敬它，而且崇拜它。那好吧，五年前，英国和暹罗就边境线问题出现了一些麻烦，没多久便明显看出错在暹罗一方。因此暹罗很快采取一切补救措施，英国代表说他对此十分满意，应该忘掉过去的争端才是。这让暹罗国王大感宽慰，他希望送英国女王一件礼物——根据东方思想，这是谋求敌方好感唯一可靠的办法——而他这样做，一方面是为了表示感激，另一方面大概也是为了消除英国可能还对他留下的任何一点不快之感。这个礼物不仅应该是皇室专用，而且应

① 本篇未收入《一个流浪汉在国外》，因为担心有的细节被夸张，有的不真实。在这些疑虑被证实没有根据前，本书已付印了。——作者原注

② 暹罗，现称泰国。

该是非同一般。有什么礼物会比一头白象更适合呢？我在印度的行政机构工作很出色，因此被认为值得享有此殊荣，护送将礼物送交女王陛下。于是，他们为我和我的仆人、官员以及大象的侍者配备好一艘轮船，过了一段时候我到达了纽约港，把御象安顿在泽西城极佳的住处。在重新开始航程以前，有必要短暂地休息一下，以便让大象恢复健康。

两周内一切进展顺利——然后大祸降临到我头上。白象失窃了！我在深夜被电话吵醒，得知了这个可怕的不幸事件。一时间我恐惧、焦虑得发狂，束手无策。之后我才安静下来，变得镇定自若一些了。不久我看到了下一步该怎么办——因为对一个明智的人来说，的确只有一条路可走。尽管时值深夜，我仍然乘飞机赶到纽约，让一个警察把我带到侦探大队总部。很幸运我及时赶到，虽然那位大队长、著名的警长布伦特正准备回家。他中等身材，体格结实，深思时习惯于紧皱眉头，若有所思地用手指轻叩前额，这立即使你深信，你正站在一个非同寻常的人面前。一看见他，我就满怀信心和希望。我告诉了他我的来意。他丝毫也不惊慌，铁一般地沉着冷静，一点不比我告诉他某人偷走了我的狗更显出不安的样子。他示意我坐下，然后平平静静地说：

“请让我想一会儿吧。”

这样说过之后他自己也在办公桌旁坐下来，把头靠在一只手上。房子另一端有几个职员在工作，在接下来的六七分钟里我只听见一些钢笔沙沙沙的声音，此外什么声音也没有。这段时间警长一直坐在那儿，陷入沉思。最后他抬起头，神情坚定果断，我由此看出他已思考完毕并定出计划。他威严地低声说道：

“这可不是一件普通的案子。每走一步都必须小心谨慎，每走一步都必须稳当可靠，然后才去闯下一步。我们必须保守秘密——

绝对巨大的秘密。对任何人都不要说这件事，甚至对记者也不要说。我会对付他们的，我会让他们只了解对我有用的东西。”他按响电铃，来了一个青年，对他说，“阿拉里克，让记者们暂时等一下。”小伙子退出去。“现在咱们开始办这件案子吧——要有条不紊才是。干我这一行，没有严格精密的方法是一事无成的。”

他拿起一支笔和一些纸。“现在告诉我——那大象叫什么名字？”

“哈桑·本·阿里·本·塞里姆·阿布达拉·穆罕默德·莫塞·阿尔哈马·詹姆斯杰布·河·都里普·沙尔坦·埃布·布德普尔。”

“很好。教名呢？”

“朱姆波。”

“好，出生地点？”

“暹罗首都。”

“父母还活着吗？”

“不——都死了。”

“除了这只象，它父母还有没有其他后代呢？”

“没有。它是独子。”

“好吧，这方面的问题已了解得够多了。现在说说那只大象的模样，任何细节都不要忽略，不管多么微不足道——对于干我们这一行的人来说，微不足道的细节是没有的，根本不存在。”

于是我开始描述，他记录着。我说完后他说：“现在听着。如果我有什么地方记错了，请纠正。”

他读起下面这段话来：“高度十九英尺；从额头顶至尾巴根处长度二十六英尺；鼻子长度十六英尺；尾巴长度六英尺；全长（包括鼻子和尾巴在内）四十八英尺；长牙九点五英尺，耳朵与这些尺寸成比例，脚印像桶倒立在雪地里留下的印一般；颜色呈暗白色；每只耳朵有一个穿珠宝的、盘子大小的孔；非常爱向观看它的人们喷水，不但用鼻子粗暴对待它熟悉的人，连对素不相识的人也是如此；右后腿略瘸，左腋窝有一个小伤疤，那是先前得疖子留下的；被偷时身上有一个塔楼，上面有供十五个人坐的座位，另有一个普通地毯大小的金黄色鞍毯。”

真是准确无误。警长按响电铃，把这段说明文字递给阿拉里克，说：

“立即把这个拿去印五万份，寄到每个侦探处和典当商店去。”阿拉里克退出去了。“瞧——到目前为止一切顺利。下一步我得要一张大象的照片。”

我给了他一张。他挑剔地仔细打量着，说：

“必须这样，我们没有更好的办法。可是它把鼻子卷起缩到嘴里去了。这是很遗憾的，估计要误把人们引到一边去，因为它当然并不通常是那样的。”他又按响电铃。

“阿拉里克，今天上午先把这张照片拿去复制五万份，连同说明大象形态的通告一起寄出去。”

阿拉里克执行命令去了。警长说：

“这事当然必须提供酬金才是。你看拿出多少钱来呢？”

“你认为多少合适？”

“我想最初大概要——唔，二万五千美元吧。这是一件错综复杂的案子。有一千条逃跑的途径，一千个隐藏的机会。这些窃贼到处都有朋友和伙伴——”

“哎呀，你知道他们是谁吗？”

他那警惕的面容颇擅长隐瞒内心的思想和感情，对于我的问话毫无反应，也没有直接回答，只是平平静静地说：

“那有什么要紧。我也许知道，也许不知道。我们一般根据犯罪的活动方式和行动规模，相当敏锐地发现一些细微迹象，推测出罪犯是谁。你得承认这一点：我们现在对付的可不是一个扒手或住宅小偷。你的大象并不是一个新手偷走的。不过正如我所说，考虑到追踪大象不得不行程数万里，窃贼们一边走还一边极力掩盖其行踪，二万五千美元酬金也许微不足道，但我想开始拿这么多钱还是值得下一番功夫的。”

这样我们便决定我先拿出这笔钱来。然后这位警长——对他来说，凡是可能提供一点线索的东西都逃不过他的手心——说道：

“侦探史上有一些案子表明，罪犯是由于饮食上的某些怪癖而被发现的。哦，那只大象吃什么呢，食量多大？”

“唔，至于它吃什么——它任何东西都吃，还会吃一个人，吃一本《圣经》——它会吃介乎人和《圣经》之间的任何东西。”

“好吧——确实很好，不过太笼统了。必须详细一些——干我们这一行只有具体细节才有价值。好——现在说说人。它一顿——或者如果你愿意的话，就一天吧——能吃多少个鲜活的人呢？”

“它倒不管你鲜活不鲜活，它一顿可以吃下五个普通的人。”

“很好，五个人，我们会记下这一点。它更喜欢吃哪些国籍的人？”

“它倒不在乎哪个国籍的人。它更喜欢吃熟人，但对于陌生人也没有偏见。”

“很好。现在说说《圣经》。它一顿吃多少本《圣经》？”

“能把整个版本都吃掉。”

“这样说还不够简明。你是指普通的八开本，还是家用型插图本？”

“我想它对插图并不在意，就是说，我认为它并不觉得插图比单纯的正文价值大。”

“不，你没有弄懂我的意思。我指的是数量。普通的八开本《圣经》约重二点五磅，而大型的插图四开本重十或十二磅。它一顿要吃多少多雷[1]插图版《圣经》？”

“假如你了解这只大象，就不会提这样的问题了。他们有什么它就吃什么。”

“唔，那么以货币单位来计算吧。由于某种原因我们必须弄明白。多雷插图版每本一百美元，俄罗斯皮革，斜面的。”

“它需要吃大约五万美元的东西——以每版五百本计算吧。”

“现在更加确切一些了。我会把这个记下的。好吧，它喜欢人和《圣经》。到现在为止一切顺利。它另外还吃什么呢？我要知道详细情况。”

“它会放下《圣经》去吃砖块，放下砖块去吃瓶子，放下瓶子去吃衣服，放下衣服去吃小猫，放下小猫去吃牡蛎，放下牡蛎去吃火腿，放下火腿去吃糖果，放下糖果去吃馅饼，放下馅饼去吃土豆，放下土豆去吃糠麸，放下糠麸去吃干草，放下干草去吃燕麦，放下燕麦去吃米饭，因为米饭是它的主食。除了欧洲黄油外，它不管什么东西都吃。就是欧洲黄油，如果它能尝一下也会吃的。”

“很好。每顿一般要吃——大约——”

“哦，零点二五至零点五吨东西吧。”

“它喝——”

“凡是液体都喝。牛奶、水、威士忌、糖浆、海狸油、莰烯、石炭酸——说这么详细有啥用，凡是你想得到的液体都记下来吧。除了欧洲咖啡外，只要是液体它都喝。”

---

① 古斯塔夫·多雷（1838—1883），法国插图画家，先后为《圣经》及但丁、巴尔扎克等人的作品绘制插图，其笔法精细，富于想象力。

“很好。多大量？”

“五至十五桶吧——因为它口渴的程度不一样。它的其他食欲都是一样的。”

“这些情况都非同寻常，应该为我们追踪大象提供了很好的线索。”

他按响电铃。

“阿拉里克，把伯恩斯上尉叫来吧。”

伯恩斯来了。布伦特警长将整个情况又详详细细对他说了一遍。他惯于发号施令，此时计划已清楚明白地在他头脑中形成，他用清晰、果断的语调说：

“伯恩斯上尉，选派侦探琼斯、戴维斯、哈尔西、贝茨和啥克特去追踪大象。”

“是，先生。”

“选派侦探摩西、戴金、墨菲、罗杰斯、塔珀、希金斯、巴索罗莫去追踪窃贼。”

“是，先生。”

“在大象被窃的地方设置一个加强守卫队——这个守卫队由三十名精兵强将组成，另外再配置三十名替换，日夜严加看守，没有我的书面许可任何人不得靠近——记者除外。”

“是，先生。”

“在火车站、港口、渡口，以及一切通往泽西城外的公路上设置便衣侦探，命令他们对所有可疑的人进行搜查。”

“是，先生。”

“给每个侦探发一张大象照片和附带说明，让他们搜查所有火车、外出渡船和其他轮船。”

“是，先生。”

“如果发现大象就抓住它，并立即发电报通知我。”

“是，先生。”

“如果发现任何线索——大象的脚印或任何这类东西——都立即通知我。”

“是，先生。”

“命令港口警察队时刻警惕，对沿河一带进行巡逻。”

“是，先生。”

“在所有沿铁路一带派出便衣侦探，北边远至加拿大，西边远至俄亥俄，南边远至华盛顿。”

“是，先生。”

“在所有电报局都安置上专家能手，听取一切消息，并要求向他们译出一切密码电报。”

“是，先生。”

“这一切行动都必须绝对保密——注意，绝密，不得让任何外人知道。”

“是，先生。”

“在规定时间准时向我报告。”

“是，先生。”

“快去！”

“是，先生。”

他走了。

警长布伦特静静地沉思了片刻，这时他眼里的激情冷静下来并随之消失。然后他朝我转身用平静的声音说：

“我并不爱吹嘘，那不是我的习惯，不过——我们会找到大象的。”

我热情和他握手表示谢意，心里也的确充满感谢。我越看这个人就越是喜欢他，钦佩他，对他那一行神秘的奇迹赞叹不已。这时天色已晚，我们分了手。我走回家去，此时的心情远比刚到他办公室的时候愉快多了。

［二］

次日上午一切登在报上，并且连最小的细节都登载出来了。甚至还有一些附带情况——包括侦探对于盗贼是谁、是怎么盗窃的、他们带着赃物逃到何处的“看法”。一共有十一种看法，涵盖了所有的可能性，仅此一个事实就说明这些侦探思考问题具有多强的独立性。除了一个显著的细节外——在此细节上所有其他十一种观点都绝对同意——再没有两种观点是雷同的，或者甚至是很相似的，这个细节就是：尽管我的房子背面被打穿了，那扇唯一的门仍然锁着，大象并不是从那个裂口弄出去的，而是从另一个（尚未发现的）出口弄出去的。大家一致认为，盗贼们打开那个缺口只是为了把侦探引入歧途。也许我或任何一个外行都绝不会想到这一点，可是它压根儿没有使侦探们受骗上当。所以，唯一一件我认为毫无秘密的事，实际上恰恰就是我大错特错的地方。十一种观点提出了假定的盗贼，但没有一种观点与另一种观点雷同，被怀疑的人数共计三十七人。其中最重要的观点当数警长布伦特的，各篇报纸报道都以此结束。以下便是这种报道的一部分：

警长明白两个首犯是谁——即“好汉”达菲和“赤色分子”麦克法登。在行窃前他早已知道此案即将发生，并暗中开始追踪这两个远近闻名的恶棍。但不幸就在失盗的那天晚上他断了线索，没等重新发现线索，鸟儿已飞走——大象不见了。

达菲和麦克法登是偷盗这一行里最胆大妄为的恶棍。警长有理由相信，他们就是去年冬天在一个严寒的夜晚偷走侦探总部火炉的家伙——警长和每个在场的侦探因此天没亮便个个落到医生手里，有的脚冻坏，有的手指、耳朵和其他部位冻坏。

警长真是一个奇特的人，上面这段报道我才读到一半时，就对他的远见卓识惊异万分。他不仅对于眼前的一切事情看得清清楚楚，甚至以后的事也躲不过他的眼睛。我不久又来到他的办公室，说我控制不住自己，希望他早日把罪犯捉拿归案，以便阻止麻烦和损失。然而他的回答既简单又无可辩驳：

“我们的职责不是阻止犯罪，而是惩罚犯罪。而我们又只有在犯罪之后，才能予以惩罚。”

我说他着手处理的这件秘案已被各报纸弄得一团糟了，不但所有的事实而且所有计划和目的都被暴露出来，甚至所有被怀疑的人都点了名。他们现在毫无疑问要将自己伪装或隐藏起来了。

“让他们去吧。他们会发现我一旦采取行动时，就会在他们隐藏的地方将其抓住的，如命运之手那样准确无误。至于报纸，我们必须不断地讨好它们。名誉和声望经常被公开提及——这些就是侦探的面包和黄油[①]。他必须将自己得到的事实公之于众，不然人们就会认为他什么也不知道。他必须将自己的观点公之于众，因为最稀奇古怪、引人注目或者最让他受人敬重的，莫过于一个侦探的观点了。我们必须公布我们的计划，因为各报刊一个劲地要它们，拒绝这些报刊必然会冒犯它们。我们必须不断让公

① 指生计。

众知道我们在做什么，不然他们就会认为我们什么也没做。让报纸说‘警长布伦特机智卓越的观点如下’，总比让它说什么苛刻的东西，或更糟的是嘲讽的东西让人高兴吧。”

“我明白你所说的确切意义了。不过我注意到今天上午的报纸中，你在一段讲话里拒绝泄露对某个枝节问题的看法。”

“不错，我们一贯如此，这样做的效果很好。再说，不管怎样我对那个问题还什么看法也没有呢。”

我又把一大笔钱交给了警长，以便支付经常性的开支，然后坐下来等消息。现在我们期待着电报随时到来。同时我又重新翻读那些报纸和我们说明大象的通告，注意到那二万五千美元似乎只是奖赏给侦探们的。我说，我认为这些钱应该奖赏给任何抓住大象的人。但警长说道：

“只有侦探才会发现大象，所以酬金应该用到恰当的地方。假如其他人发现了大象，那也只是他们密切注意侦探们的活动，从他们那里偷去并利用了一些线索和迹象——侦探们毕竟也因此有资格得到奖赏。要恰当地发挥奖赏的作用，以此来激励把自己的时间和训练有素的聪明才智用在这种工作上的人，而不是把利益给予那些偶然的公民，他们只是偶然碰见了一个战利品，并不是以自己的功绩和劳动获益的。”

这当然讲得非常合情合理。此时屋角的电报机开始咔嗒咔嗒响起来，输出下面这封电报：

花站，纽约，上午7:30

已得到一条线索。发现附近一串很深的足印穿过农场。向东跟踪足印两英里无果，估计大象已西去。现将要往此方向追踪……

侦探达利

“达利可是一位挺不赖的侦探，”警长说，“不用多久我们又会听到他的消息。”

接着传来了第二封电报：

巴克站，新泽西，上午7：40

刚到达。玻璃厂夜晚被撞开，丢失八百个瓶子。只在五英里远处才有大量的水。将要赶赴那里。大象会口渴。瓶子是空的。

侦探贝克

“这也很有希望了，”警长说。“我对你说过，大象的饮食情况也会是很好的线索。”

第三封电报：

泰勒维莱，长岛，上午8：15

附近一堆干草昨夜失踪。也许被吃掉。已有一点线索，即将离开。

侦探哈伯德

“你看大象是怎样窜来窜去的啊！”警长说，“我就知道这件案子很棘手，不过我们会捉住它的。”

花站，纽约，上午9：00

向西三英里追踪到足印。又大、又深、又不平。刚遇见一个农夫，他说那不是大象的足印，是一些坑，他去年冬天地面冻结时挖树苗栽绿荫树留下的。望指示如何行动。

侦探达利

“啊哈！一个贼的同伙！事情越来越明显了。”警长说。他向达利发出如下电报：

将那人逮捕并迫使他说出同伙。继续跟踪足印——如有必要可一直追踪到太平洋去。

警长布伦特

下一封电报：

科尼岬角宾夕法尼亚，上午8：45

昨晚这儿煤气公司被撞开，三个月未付的煤气单失踪。已得到一点线索，即将离开。

侦探墨菲

“老天爷！”警长说，“难道它要吃煤气账单吗？”

“是呀，出于无知它会吃的，不过煤气单并不能维持生活。至少是毫无益处的。”此时发来了激动人心的电报：

铁维莱，纽约，上午9：30

刚到达。全村惊愕不已。大象今天早晨五点路过此地。有人说它向东去，有人说向西去，有人说向北去，有人说向南去——但都说他们没有注意具体情况。它杀死一匹马，已弄得一块马肉寻找线索。它是用鼻子杀死马的，从击打的外观看，估计它是用的左前脚；从马躺着的位置观察，估计大象沿着伯克利铁路线北去。它已出发四个半小时，不过我会立即跟踪而去。

侦探霍斯

我顿时欢呼起来，可警长像个石雕偶像一样不动声色。他心平气和地按响电铃。“阿拉里克，让伯恩斯上尉到这儿来。”

伯恩斯来了。

“有多少人随时待命？”

“有九十六人，先生。”

“立即派他们去北方。让他们集中搜寻铁维莱以北沿伯克利路线一带。”

“是，先生。”

“告诉他们行动绝对保密。其余人一有空就让他们待命。”

“是，先生。”

“快去！”

“是，先生。”

不久又来了另一封电报：

圣人角，纽约，10：30

刚到达，大象8点15分经过这里。除一个警察外，所有人都逃离城镇。显然大象不是打击警察，而是灯杆，结果都打倒了。已弄到警察身上一部分东西作为线索。

侦探斯图姆

“这么说大象已转向西边。”警长说，“不过它逃不掉的，我的人已在那个地区布下了天罗地网。”

下一封电报说：

格洛费村，11∶15

刚到达。村子被遗弃，只留下年老体弱的人。大象四十五分钟前经过此地。当时正召开反禁酒群众会议。它把鼻子从一扇窗口伸进去，用从水塘吸来的水冲击会议。有的吞了不少水——此后一命呜呼，有几个人被淹死。侦探克罗斯和奥肖内西路过镇上，但向南边去了——所以没发现大象。方圆数英里都笼罩在恐怖之中——人们纷纷弃家而逃，可不管走到哪里都会碰见大象，许多人被杀害。

侦探布兰特

我差点掉下泪来，因为这场浩劫太让我痛苦了。但警长只说道：

“你瞧——我们正一步步将大象包围。它觉得我们在追它了，所以又转向了西边。”

然而更棘手的消息还等待着我们。下一封电报说：

霍根斯波特，12∶19

刚到达。大象半小时前经过此地，引起巨大的恐惧和不安。它勃然大怒，在街上横冲直撞：两个管子工路过时其中一个被杀害，另一个逃脱。众人悔恨。

侦探奥弗莱厄蒂

“现在它正处于我手下人的包围中，”警长说，“怎么也逃不脱了。”侦探们接连发来电报，他们四处分布，穿过了新泽西和宾夕法尼亚，跟踪着一个又一个线索，包括被毁坏的谷仓、工厂和主日学校图书室，心怀崇高希望——其实是确信无疑的希望。警长说：“我真想和他们联系上，命令他们向北跟踪，但却是不可能的。侦探去电报局拍发电报后就走了，你真不知道怎样和他联系。”

此刻来了这封电报：

桥港县，12：15

巴纳姆愿从现在起，每年出四千美元对大象享有专有特权，用它作流动广告工具，直到侦探们发现它为止。他想在大象身上贴马戏招贴。请立即回复。

侦探博格斯

“这真是荒谬透顶！”我大声说道。

“当然，”警长说，“显然巴纳姆先生以为自己精明，他并不了解我——我可了解他。”然后他发报做出如下回复：

拒绝巴纳姆先生的报价。要么七千美元，要么一切拉倒。

警长布伦特

好啦。不用多久就会得到回复的。巴纳姆先生不在家，他到电报局去了——他手头有事时就是这样的。用不了三——就到这里吧。

P.T.巴纳姆

那台咔嗒咔嗒的电报机打断了警长的话。我还没来得及对这件非同寻常的事评论一番，下面这封电报又把我的思路引向了非常苦恼一边：

玻利维亚，纽约，12:50

大象11点50分从南边经过此地并朝森林走去，将路上一队出殡行列驱散，把哀悼的人们弄成两半。公民们向它射出一些小子弹，然后逃之夭夭。我和侦探伯克十分钟后从北边赶到，但误把一些泥坑当作足印，所以浪费了不少时间。不过我们终于找对足印，并跟踪到森林里。然后我们趴在地上，继续密切注视，紧紧跟踪足印，一直进入灌木丛里。伯克在我前面。不幸，大象停下休息，由于伯克低着头紧紧盯住足印往前爬，他直到一头撞在大象的后腿上才知道象就在面前。伯克赶紧站起身抓住大象尾巴，高兴地叫着："我该得那奖——"但是他没能说下去，因为大象用它那只巨大的鼻子一击，便将那个勇敢的人送上了西天。我急忙后退，大象转身直把我追到林边，那速度可吓死人。要不是上帝保佑，送葬队伍中一些余下的人又插进来转移了它的注意，我免不了也同样丧命。我刚听说那些送葬的人一个也没活下，但这不是损失，因为他们提供了大量食物。与此同时，大象再次失踪。

侦探穆罗尼

除了散布在新泽西、宾夕法尼亚、特拉华和弗吉尼亚的侦探们传来消息外，我们再没有听到其他任何消息——那些侦探们孜孜不倦，满怀信心，全都在跟踪着一个个鼓舞人心的新线索——

直到下午两点刚过不久又发来了如下电报：

巴克斯特中心，2∶15

大象刚到此地，身上贴着马戏广告，驱散了一台正重演的旧戏，击倒伤害人数若干，这些人的生活正不断改善。公民们把大象包围起来，并设立了一道防守线。我和布朗侦探随后赶到，我们进入包围圈即着手根据大象的照片和说明对它验明正身。一切特征都完全符合，唯有一点我们无法看见——它腋窝下的疖疤。为了弄确实，布朗爬下去察看，结果脑袋立即被大象打碎——就是说头被砸烂了，不过什么东西也没从这堆废物中流出来。大伙儿全都逃得无踪无影，包括大象在内，它东偏西倒，伤势严重。大象已逃掉，但由于被子弹击伤留下了醒目的血印，必将重新被发现。它冲向南边，穿过了一片茂密的森林。

侦探布伦特

这是最后一封电报。黄昏时下起一场浓浓的大雾，连三英尺外的东西都看不清楚。浓雾持续了一整夜。渡船甚至公共汽车也不得不停止行驶。

［三］

第二天上午，各报纸又像往常一样登满了侦探们的观点看法，连我们那些悲惨的事实也详细刊登出来，此外还有大量记者用电报发来的消息。一个又一个栏目被这类消息占用，有三分之一其他内容被挤去，并配以耀眼的标题，我看到这些标题都觉得恶心。它们大概是这样的：

> 白象逍遥自在！它走到哪里，哪里就有毁灭！所有村子被惊恐万状的村民遗弃！它的前面笼罩着白色恐怖，后面留下死亡与劫掠！再后是一个个侦探们！谷仓被毁，工厂闯坏，粮食吃光，公众聚会被驱散，还有一幕幕难以形容的惨遭残杀的情景！警察当局三十名最优秀的侦探发表了各种看法！警长布伦特的观点更是与众不同！

“看啊！”警长布伦特说，几乎显出兴奋的样子，“这真是妙极了！任何一个侦探组织都没得到过这样大的意外收获呀。它的名声将会传到天涯海角，经久不衰，我的名字也将永远随着流传下去。”

但我丝毫也不感到快乐。我感到那所有血腥的罪行都是我犯下的，而大象只是我不负责任的代理人。名单中被残杀者的人数是怎样在增加啊：在一个地方它“干扰了一次选举并杀害五名违法的重复投票者”。随后又杀害两个穷人，名叫奥多诺林和麦克费兰根，他们头天才在世界被压迫者收容所找到避难处，正要第一次行使美国公民投票选举的崇高权利，突然被“暹罗之灾”那无情的手击倒。在另一个地方它“发现一个疯狂、轰动一时的传道士，并将它踩死。这个传道士本来正准备对舞蹈、戏剧和其他不能反击的东西，在下一季里进行英勇的攻击”。它还在另一地方“杀死了一个避雷针代理商”。名单上的被害人数越来越多，行为越来越残暴，越来越令人心碎。已有六十人被杀害，二百四十人受伤。所有报道都证实了侦探们的主动与献身精神，最后都无一例外地说，“有三十万公民和四名侦探亲眼看见了那可怕的动物，其中两名侦探被它杀害。”

我害怕听到电报机咔嗒咔嗒再次响起来。不久以后各种消息又源源不断传来，不过我对于它们的性质感到既失望又庆幸，因为大象的一切行踪已失去，这一事实很快就摆在眼前。在浓雾的掩盖下，它得以寻找到一个很好的藏身地而不被发觉。从遥远的非常可笑的地方发来了电报，说人们在某某时间透过浓雾瞥见到一团模模糊糊的庞然大物，“无疑是大象”。这团模模糊糊的庞然大物在纽黑文、新泽西、宾夕法尼亚、纽约内地、布鲁克林区，甚至在纽约市里都被瞥见到了！不过在所有这些情况中，那团模模糊糊的庞然大物都转眼消失得无踪无影。这个庞大的警察当局的每个侦探都分布到了国家广阔的土地上，他们时时刻刻发来报告，每一个都掌握了线索，都在紧紧地追踪着什么。

可是这一天再没其他结果就过去了。

第二天同样如此。

第三天同样如此。

报纸报道变得越来越单调乏味，尽是些毫无结果的事实，毫无结果的线索，一个个观点看法几乎都令人感到吃惊、高兴和迷惑。

根据警长的建议，我又把酬金加了一倍。

四天单调沉闷的日子又过去了。接着，可怜而勤奋的侦探们遭受到一个痛苦的打击——报界人士拒绝发表他们的看法，只冷冷地说：“让我们休息一下吧。”

在大象失踪两周以后，我根据警长的建议把酬金增加到了七万五千美元。这可是一大笔钱啊，不过我感到自己宁愿倾家荡产，也不愿失去政府对我的信任。既然侦探们身陷逆境，报纸就反过来攻击他们，开始用最刺人的话进行嘲笑。这件事使黑人剧团的团员们灵机一动，他们以最夸张的方式，将自己打扮成侦探的模样在舞台上追踪大象。漫画家们画出一些画，上面是侦探在用小望远镜仔细观察乡村寻找大象，而大象却在他们身后从其衣袋里偷走苹果。漫画家们还画出各种各样、滑稽可笑的侦探徽章图——毫无疑问，你在侦探小说的背面见过那种印成金黄色的徽章——那是一只睁得大大的眼睛，上面刻着“我们从不睡觉”的文字。侦探们要酒喝时，那自称是滑稽的酒店老板又说了老一套的话，具有浓浓的讽刺意味。

但是有一个人自始至终都镇定自若，无动于衷，未受影响。他就是刚强勇敢的警长。他那勇敢的眼神从来没有低沉，他那平静的自信从来没有动摇。他总是说：

“让他们去抱怨吧，谁笑到最后谁笑得最好嘛。”

我对于这个人由钦佩变得崇拜起来了。我总和他形影不离。他的办公室本来已使我感到不愉快，现在一天天愈来愈如此。然而如果他能容忍下去，我也打算这样——至少尽力这样。所以我每天按时到来和他待在一起——似乎成了这里唯一的局外人。人人都惊奇我何以能做到那样。我也常常感到必须放弃了，可每当此时我就看见他那张沉着的，显然毫不在意的面容，于是又立场坚定了。

大象失踪约三周以后，一天早上我正要说我不得不举旗投降，打道回府了，突然这位伟大的侦探产生一个想法，建议采取一个更美妙高明的举动。

这就是与盗贼们妥协。此人的创造力之丰富，就我所见任何东西都是无可比拟的，我也因此与这位世界上头脑最机智的人有了广泛交往。他说，他深信用十万美元就可以与盗贼妥协找回大象。我说我相信可以勉强凑齐那么多的钱，可是那些一直忠心耿耿的可怜的侦探们又怎么办呢？他说：

“在妥协的情况下，他们会得到一半酬金。”

这就取消了我唯一反对的理由。所以警长以如下方式写了两张字条：

亲爱的夫人——您丈夫如能立即与我约见，会赚得一大笔钱（完全受法律保护）。

警长布伦特

他让信任的使者把一张字条送给好汉达菲“驰名的太太”，另一张送给赤色分子麦克法登驰名的太太。

不到一小时便送来了无礼的回答：

你这个老傻瓜：好汉达菲已死掉两年了。

布里奇特·马奥尼

蝙蝠警长——赤色分子麦克法登十八个月前已吊死升天了。除了侦探，任何傻瓜都知道。

玛丽·奥霍里根

“我早就怀疑这些情况，”警长说，“这一证据终于证明了我的直觉是准确无误的。”

一条路走不通他立即又准备走另一条路。他马上为各早报写了一则广告，我也得到一份：

A. ——xwblv. 242N. Tjnd——fz328wmlg. Ozpo，——；2m！ogw. Mum.

他说如果盗贼还活着，看见这则广告会赶到那个通常的约会地点去的。他进一步解释说，所谓通常的约会地点就是侦探和罪犯们解决一切棘手事情的地方。这次约会将在次日晚十二点举行。

在此以前我们无事可做，我于是赶紧离开警长办公室，并为得到这个特权实在充满了感激。

次日晚十一点钟，我带去十万美元钞票，把它交到警长手里，他拿到钱后马上就出发了，眼神里明显闪耀出勇敢、老练的自信。一小时慢慢过去，几乎让人忍无可忍。这时我听见传来他那欢喜的脚步声，呼吸急促地站起来，踉踉跄跄走过去迎接他。他那双敏锐的眼睛焕发出怎样胜利的光彩啊！只听他说：

“我们终于谈妥了！那些家伙明天就要唱出另外一支曲子了！快跟我来！”

他拿起一支点燃的蜡烛，大步朝着宽阔的拱形地下室走去，那儿总睡着六十名侦探，此时有二十名侦探在打扑克消磨时间。我紧紧跟在他后面。他急急忙忙朝远处昏暗的一端走去，正当我感到窒息得难受快要晕过去时，他绊倒在一个庞然大物伸出的四肢上，我听见他一边往里走一边大声说：

“我们终于维护了自己崇高的职业。这就是你的大象！”

我顿时晕过去，被抬到上面的办公室里，服了石炭酸后才恢复过来。所有侦探大队的人都拥进来了，接着大家便因为夺取胜利而狂欢起来，其情景我以前还从没见过。记者应邀而来，一筐筐香槟酒被打开，人们互相祝酒干杯，不断握手、祝贺，十分热烈。自然，警长成了此时的英雄人物，他沉浸在极度幸福之中，而这种幸福是他以自己的耐心、高尚和勇敢赢来的，我见了也为之高兴。尽管我站在那儿成了一个无家可归的乞丐，托我代管的无价之宝已死去，我在国家行政部门的工作也已丧失——因为我似乎总是太粗心大意，过分相信他人，从而遭到致命的打击。许多人带着意味深长的眼神，这眼神表明他们对警长怀着深深的钦佩，不少侦探在低声说道："你看他——正是警察大王呀，他只需要一个线索，任何东西都逃不过他的手心。"大家兴高采烈地把五万美元瓜分了，之后警长一边把他的那份装进衣袋里，一边做了个简短的讲话，说："拿去好好享受吧，伙计们，因为这是你们挣来的。更重要的是，你们为我们的侦探职业赢得了不朽的荣誉。"

这时送来一封电报，上面说：

门罗，密歇根州，晚10：00

三周多以来我才第一次见到电报局。一直骑马穿过森林跟踪足印，已行一千英里到达此地。足印一天天变大，越来越明显。别着急——一周内我会抓住大象的，这一点绝对肯定。

侦探达利

警长下令为"警察局最聪明机智的达利"欢呼三声，然后命令发报通知他归队领取他那份酬金。

奇迹般的失窃大象事件就这样结束了。次日，各报纸再一次充满令人愉快的赞美之声，只有一份低级报纸例外，表现了鄙视的态度。它说："这个侦探真伟大啊！发现一个微不足道的东西如这只丢失的大象，他也许慢了一点——三周以来他也许白天都在寻找大象，晚上却和那具腐烂的死尸睡在一起，不过他最后会找到它的——只要他能找到那个把大象领到一边让他看见那地方的人！"

我永远失去了可怜的大象哈桑。子弹在它身上留下了致命伤，在漫天大雾中它爬到了那个满怀敌意的地方，在众多敌人的包围之中它随时有被发现的危险，由于饥饿和痛苦，它一天天消瘦下去，直到死神给它带来安宁。

这次妥协我耗资十万美元。我付出的侦探费四点二万多美元。我再也没有向政府申请一份工作了，在世上成了一个破产的流浪汉——但是我仍然相信警长是世上有过的最伟大的侦探，我对于他的钦佩直到今天也是毫不含糊的，并且这种钦佩在我有生之年永远不会消失。

幸运[1]

那是在伦敦的一次宴会上，当时我们这一代人中两三个英国军人的名字十分显赫辉煌，那次宴会便是为庆祝其中一位而举行的。由于我下面就要说明的原因，我不打算说出这个人的真实姓名和真实头衔，而管他叫陆军中将阿瑟·斯科斯比勋爵，Y.C.，K.C.B.等等。一个有声望的名字具有多大的魅力啊！此人就实实在在坐在那儿，自从三十年前的那一天以后，我曾听人们成千上万次谈到他，那时他的名声在一次克里木战场上忽然升上了天，他从此闻名于世，直至今日。我在宴会上所关注的是吃的和喝的东西，我也很关注那位半神半人似的人物，仔细打量、搜寻、注意着他：他面容沉静、含蓄，庄重里隐含着崇高；处处显露出纯朴、诚实的品性；他实在可爱，对于自己的伟大全然不知——不知道有数百双眼睛正钦佩地盯着他，不知道那些人的心中正向他涌出深切真诚、充满爱意的崇敬。

我左边这位牧师是我的一个老熟人——他现在是牧师了，但前半辈子先是在野营地里和战地里度过，后来又在伍尔维奇军事学校当教官。他眼里闪现出隐秘的、异样的光彩，朝我俯过身，悄悄地说——向我示意宴会上的那位英雄：

---

① 这并非是一个想象的故事，我是从一个牧师那里听到的，这个牧师四十年前曾在伍尔维奇当教官，他保证确有其事。——作者原注

“我私下告诉你——他是一个十足的傻瓜。”

听了这句评语我不禁大吃一惊。如果他指的对象是拿破仑、苏格拉底[1]或所罗门[2]，我倒不会这么惊奇。有两件事我是十分明白的：他是一个非常诚实的人，对人判断也很准确。因此我毫无疑问认为，世界错看了这位英雄：他的确是个傻瓜。所以我打算方便时查个水落石出，弄清楚牧师怎么孤身一人发现了这个秘密的。

几天后机会来了，如下便是牧师对我说的话：

大约四十年前，我在伍尔维奇的军事学校当教官。当时我在一个小班里，年轻的斯科斯比正在通过他的初级考试。我真为他遗憾得痛心，因为班里其余的人都回答得漂亮出色，而他——哎呀，老天爷，他可以说一窍不通。他这个人显然是善良、和蔼、可爱而坦率的。所以看见他站在那儿，像个石雕的偶像一样平静安详，回答的问题愚蠢透顶，不可思议，实在让人痛心极了。我深深地同情他，心想他重考时当然会被刷掉的。所以尽我所能去减轻他的失败，表示我的一片爱心，这对他必然有益无害。我把他带到一边，发现他知道一点恺撒[3]的历史。除此以外他一无所知，因此我就着手把他像个苦工一样进行训练，向他提出一系列涉及恺撒的一般问题——我知道考试可能会遇到这样的问题。你相信吗，他考试那天竟然大获成功！他仅仅凭那点死记硬背的肤浅知识就通过了，还受到了人们的祝贺，而另外那些比他懂一千倍的学生却没能考过。他真是幸运得出奇——像这样的事一百年也不可能遇上两次——除了我对他进行训练教给的那点狭窄的知

① 苏格拉底，古希腊哲学家。

② 所罗门，古以色列王国国王大卫之子，以智慧著称。

③ 恺撒，罗马帝国从奥古斯都至哈德良的帝王及以后王储的称号。

识外，考官再没有向他提出任何其他问题。

这真是让人惊呆了。瞧，在他整个学习期间我都守在他身旁，那心情就像一个母亲对一个残废的孩子所具有的感情一般。他也总算是救了自己——虽然仅仅是靠奇迹而已。

现在，最终会使他原形毕露、致他于死命的当然是数学了。我决心尽力不让他栽得那么惨。所以我就训练他，填鸭式地教他，这样不断反复，向他提出一系列考官很可能提出的问题，然后就把他抛上了命运之途。哎呀，先生，你好好想象一下结果吧：他竟然夺取了一等奖，让我惊愕不已！此外人们还向他大加赞美，表示祝贺。

睡觉？我一周里再也睡不着了，日夜受着良心的折磨。我那样做纯粹出于仁慈，目的只是为了不让那可怜的年轻人栽得太惨。我根本没有想到会发生那种荒唐的结果。我感到像弗兰肯斯坦[①]一样内疚和痛苦。我把一个木头脑袋的人推向了光辉灿烂的高处，让他身负重任，其结果只会是一样。他和他的责任——有机会就会全部毁于一旦。

那时克里木战争刚刚爆发。当然得有一场战争才行，我心想在这头蠢驴被发现以前，不给他一次去死的机会我们怎能安宁。我等待着这场地震。地震终于来了，而真的来时我却被它弄得晕头转向。事实上，报上公布说他被任命为一个边防军团上尉！比他更好的人在部队里人变老了，头发白了，都还爬不到他那样高的职位呢。谁能预见到，他们会把这样一副重担放到如此一个毫无经验、十分不当的人肩上？如果他们让他当一个骑兵旗手，我倒勉强忍受得了，可他当的是一个上尉——想想看吧！我觉得我的头发快要变白了。

---

① 弗兰肯斯坦，美国作家M.W.谢利于1818年所著小说中的生理学研究者（他创造了一个怪物，自己也被它毁灭）。

想想看我都做了什么，我一个如此喜爱安宁平静的人。我心想，在这一点上我对国家是负有责任的，我必须跟随着他，尽我所能不让国家受到他的损害。所以我就带上我那点可怜的资本——那是从多年的工作中辛辛苦苦节约下来的——叹息着去他的军团，花代价换了一个掌旗官的职位，然后我们就赶赴战场了。

瞧，唉，亲爱的，太可怕了。犯大错？——哎呀，他除了犯大错还能做什么呢。不过，你明白，谁也不知道那家伙的底细。没有一个人不错看他的，因此必然每次都要误解他的行为。这样人们就把他那些愚蠢的大错认为是一个天才的灵机妙想。他们的确是那样认为的！哪怕是他最微小的一点错误，也足以让一个心智正常的人放声大哭，它们真的让我哭了——私下我还在狂骂、咆哮呢。使我老觉得焦虑不安的是，他每犯一次新的错误，他的名声就更加光彩夺目！我不断告诫自己他会爬得很高的，等最后原形毕露时，情况就将会如太阳从天空中掉下来了一般。

他就那样踩着上司们的尸体，顺利地节节往上爬，终于在战斗最激烈时，我们的上校倒下了，这时我的心怦怦直跳，因为除了上校外就数斯科斯比的官最大了！我心想可别失去这次机会，十分钟后我们就必将全部踏上阴间之途。

战斗异常激烈，盟军部队在整个战场上节节败退。我们的军团占领了一个至关重要的地势，一出差错我们必将全军覆灭。就在这关键时刻，那个永不改变的傻瓜不做别的，只把军团撤离原处，命令向附近的一个山头发起猛攻，而那里连一个敌人的影子也没有！“这下好了！”我心里想，“这下你终于完蛋了。”

我们真的就撤离了，还没来得及发现阻止这次疯狂的行动，就已经到达了那座山肩上。我们看到了什么呢？整整一支俄国军队出人意料地隐藏在那里！接下来发生了什么？

我们被吃掉了吗？百分之九十九的情况下必然如此。但我们并没被吃掉，那些俄国人争论说，在这样的时刻任何军团都不会还在那儿优哉游哉地闲荡。那一定是整个英国军队，俄国人的阴谋诡计被发现、阻止了。于是他们转身逃之夭夭，往山下的田野里仓皇撤退，溃不成军，我们紧紧跟在后面。是他们自己冲乱了坚固的核心部队，在里面乱冲乱闯，转眼之间就被我们彻底打垮了——那种惨败你是从未见过的。盟军因此转败为胜，战果辉煌！康罗贝尔[①]元帅看到这种情况，也惊奇钦佩，高兴得晕头转向。他立即派人找来了斯科斯比，拥抱他，并当着所有的部队在战场向他授予勋章！

那次斯科斯比的错误是什么呢，仅仅误把右边当成了左边——如此而已。他曾接到一个命令，让他往后增援我们的右边，但他却往前冲向左边的山头上。可那天他却成了一位神奇的军事天才，这名声传遍世界，使他无比光荣，这光荣绝不会随着历史书的不断出版而消失。

他只是像个普通人一样善良、和蔼、可爱和谦逊，但连下雨了要进屋他也并不知道。可这是千真万确的事实。他是天下最大的大傻瓜。直到半小时以前，除了他自己和我外，谁也不知道此事。一天又一天，一年又一年，非凡惊人的幸运一直尾随着他。整整一代时间，他在我们所有的战斗里一直是一位杰出的军人。他在军事生涯中错误百出，但每一次错误都使他获得了要么是爵士，要么是从男爵，要么是勋爵之类的称号。你看看他的胸前吧，唉，他穿的衣服简直就是用国外的勋章缀成的一般。瞧，先生，每一枚勋章都记载着他这样那样惊人的愚蠢行为。总而言之，它们证明了在这整个人世间，一个人所能得到的最好东西就是投生到幸运之胎，我再说一次——正如我在宴会上所说的，斯科斯比是一个十足的大傻瓜。

① 康罗贝尔（1809—1895），法国将领，1855年获法国元帅衔。

他活着还是死了？

1892年3月我是在里维埃拉[1]的门托度过的。这是一个幽静的风景区，你可以独享其一切优越之处，而这些优越在几英里远的蒙特卡洛和尼斯，只能与众同享。就是说，你能享受到明媚的阳光、温和的空气、明净的蓝色海洋，而不会因为人们的狂欢聚会和过分夸耀大为扫兴。门托是一个幽静纯朴、毫不做作的地方，有钱的俗气之人不会去那儿。我的意思是，一般说来有钱人不会去那儿。不过偶尔有一个富人会去那儿的，于是我不久便和他交上朋友。我姑且把他叫作史密斯，部分原因是想把他隐瞒一下。有一天，在安格勒斯旅店用早餐时，他大声说道：

"快看呀！快看从门口出来的那个人。把他仔仔细细都看清楚。"

"干吗？"

"你知道他是谁吗？"

"知道。他比你先来这儿几天。据说，他是里昂一个很富有的丝绸制造商，现在已年老退休，我想他在世上一定很孤独，因为他总是一副忧忧郁郁、神思恍惚的样子，和任何人都不说话。他名叫泰奥菲勒·马尼昂。

史密斯先前已对马尼昂先生表示了极大的兴趣，我以为现在

---

① 南欧沿地中海一地区，度假胜地。

他要表明何以有这种兴趣了。但他没有，而是沉思默想起来，显然一时把我和周围的一切都忘记了。他不时把手指在自己的丝丝白发中梳理着，似乎这样有助于他思考，同时任早餐凉下去。最后他说：

“不行，已经忘了，我记不起来了。”

“记不起什么了？”

“是汉斯·安徒生的一个美妙的小故事。可是我记不起来了，只记得一部分是这样的：有个孩子有一只笼中鸟，他喜爱它，可是却粗心大意把它给忘了。鸟儿唱出欢快的歌却无人听见，无人注意，终于饥渴向它袭来，它的歌声变得哀怨而微弱，最后停止——鸟儿死了。孩子来看到后，悔恨万分。然后，他流着痛苦的眼泪，满怀悲哀，叫来同伴们，精心组织了一个葬礼，非常痛苦地把小鸟埋葬了。他不知道，可怜的东西，不仅是孩子才把诗人们饿死，然后在他们的葬礼和纪念碑上不惜重金地花钱，让他们永生，让他们舒适安乐。现在——”

正在这时，我们被打断了。那晚大约十点钟我碰见史密斯，他让我到他上面的客厅去，陪他抽烟，喝烈性苏格兰威士忌酒。他的客厅很舒适，椅子坐下去舒舒服服地，一盏盏灯令人惬意，那敞开的炉火十分怡人，散发出橄榄木的香味。这时外面又传来低沉的拍岸涛声，使得一切更加美妙。我们喝完第二杯苏格兰威士忌酒，又悠然自得地闲聊了好久，十分高兴，这时史密斯说：

“现在我们一切准备好了——我将讲述一件奇特的往事，请你听我讲吧。多年来这一直是个秘密——我和其他三个人之间的秘密，不过我现在要打破这个秘密了。你高兴吧？

“非常高兴。快说吧。”

如下便是他告诉我的事：

很久以前我还是个年轻的艺术家，事实上是个非常年轻的艺术家，我漫游于法国乡村各地，四处写生，不久一对可爱的法国青年便与我做伴，他们和我是同行。我们尽管穷，但很快乐，或者说我们快乐，尽管很穷——随你怎么说都行。克劳德·弗里尔、卡尔·布朗热——这便是那两个小伙子的名字。亲爱的家伙们，他们可是两个最快活乐观的人，一度漠视过贫穷，饱经风霜，曾经有过极其美好的时光。

我们终于在一个叫布雷顿的村子陷入了困境，一位和我们一样穷的艺术家收留了我们，让我们免受饥饿——他叫弗朗索瓦·米勒[①]。

“什么！就是那位伟大的弗朗索瓦·米勒吗？”

伟大？他当时一点不比我们伟大呀。甚至在自己村里他也没一点名气。他太穷了，除了萝卜外没啥可给我们吃的，有时连萝卜也没有。我们四个成了忠实可靠的朋友，偏爱彼此的朋友，彼此不可分离。我们团结一致，竭尽全力创作出一堆堆画来，可是却很难卖出去。我们一起度过了美好的时光，但是，天哪！我们那时的日子是多么艰难啊！

这种艰难的生活过了两年多。终于有一天，克劳德说：

“朋友们，我们已经走到了尽头。你们明白吗？绝对走到了尽头。大家都努了力——可是有些人在极力与我们作对。我把村子都走遍了，事情正如我告诉你们的。他们拒绝借给我们任何一点钱，直到我们把一切欠款都付清为止。”

这让我们一阵寒心，一张张面孔都因为沮丧而显出茫然的样

① 米勒（1814—1875），法国画家。

子。我们意识到眼前已处在危急之中。许久没人说一句话。最后米勒才叹息一声说道：

“我什么办法也没想到——一点没想到。出出主意吧，小伙子们。”

没人回答，只有令人沮丧的沉默，这也算是一种回答吧。卡尔站起身，紧张不安地踱来踱去，然后说：

“这多耻辱啊！看看这一堆堆的油画，它们不比欧洲任何一个人的画差——我才不在乎他是谁呢。是的，许多悠闲的陌生人都这么说过——或者几乎是这么说的，不管怎样。”

“可就是不买。”米勒说。

“没关系，他们会说，这倒也是真的。瞧你那幅《奉告祈祷钟》！有谁会说——”

“哼，卡尔——我的《奉告祈祷钟》！别人只出五法郎买它啦。”

“啥时候？”

“谁出价买来着？”

“那个人在哪里？”

“你干吗不卖呢？”

“得啦——别都说到一块儿啦。我原以为他会再多出一点的，对此我很有把握，他看起来会那样的，所以我就让他出八法郎。”

“哦——然后呢？”

“他说他还会来找我的。”

“真是天打雷劈，唉，弗朗索瓦——”

“唔，我知道，我知道！那是一个错误，我真是个傻瓜。朋友们，我的本意可是想把事情尽量办好呀，这你们该不会否认吧，并且我——”

“哎呀，我们当然知道，上帝保佑你这个可爱的人。不过你可不要再当傻瓜了。”

“我？我真希望有人来拿一窝洋白菜把那幅画换去算了——你瞧着吧！”

“洋白菜！哎呀，快别说了——它让我流口水。说说那些没让人这么心烦的事。”

“朋友们，”卡尔说，“难道这些画有哪儿不好吗？回答我。”

“没有！”

“它们不是非常优秀出色吗？回答我。”

“是呀。”

“如此优秀出色的作品，假如再署上一个名人的名字，将会卖出很高的价。不是吗？”

“当然，这一点谁也不会怀疑。”

“可是——我并没有开玩笑——对吧？”

“哦，当然啦——可我们也没有开玩笑呀。但又怎么样呢？又能怎么样呢？那关我们什么事？”

“那样的话，朋友们——我们就把一个名人的名字署在画上吧！”热烈的谈话戛然而止。一张张面孔满怀询问地转向卡尔。这葫芦里究竟装的什么药？将用哪位名人的名字呢？谁去借用？

卡尔坐下来，说：

“瞧，我有一件非常严肃的事要提出来。要想不进救济院，我想这是唯一的办法，并相信这办法准会成功。我这种认识，是基于人类历史上许许多多早已被确认的事实。我相信我的计划会使大家都富起来。”

“富起来！你简直昏了头。”

“不，我没有。”

“是的，你昏了头——真昏了头。你说富起来是指什么？”

“每幅画卖十万法郎。”

“他已经疯了。我知道。”

“不错，他是疯了。卡尔，贫困已经使你够受的了，而且——”

“卡尔，你需要服一片药，马上去睡才好。”

“用绷带先把他捆起来——先捆头，再——”

“不，先捆脚，他的大脑已经停止思维几个星期了——我早注意到这一点了。”

“住嘴！”米勒说，显出严厉的样子，“让他说说自己的想法。好啦，现在——把你的计划说出来听听吧，卡尔。你想做什么？”

“唔，好吧，作为开头，我提醒你注意这个人类历史上的事实：许多伟大的艺术家直到他们忍饥挨饿、命归西天以后，其功绩才会得到社会的承认。这样的事太多了，我因此冒昧创立了一个规律，即：每一个伟大卓越但默默无闻的艺术家，他死后都必将得到社会承认，其绘画也将会变得价值连城。所以我的计划是：我们必须抽签——其中一人必须离开人世。”

这些话说得如此平静，如此出乎预料，我们几乎忘记了惊跳起来。然后大家再一次齐声狂叫着，七嘴八舌提出忠告——医疗上的忠告——为的是治愈卡尔的大脑。但是他耐心地等待着，让大家的欢闹平静下来，然后继续讲述他的计划：

“是的，我们中有一个人必须死，以便救活其他人——包括他自己。咱们将抽签。谁被选中谁就做名人，然后我们所有的人都将变得富有。现在别出声，别出声。别打断我——告诉你们我明白自己在说什么。我的想法是这样的。在接下来的三个月里，将死的人要竭尽全力作画，尽量增加他的作品——不是一幅幅完整的画，绝不是！而只是一些草图，习作，习作的一部分，不完整的部分，每张图上都轻轻涂它十多笔——那当然是毫无意义的，但是要署上他的姓名的拼合字。每天画五十张草图，每张图都要有些特色或风格，很容易看出是他的作品——你知道就是这些东西才畅销，世界博物馆在这位伟人去世后才出高价收藏它们。我们要大量准备好这些图——大量准备好！这段时间我们其余的人都要极力支持这个将死的人，把整个巴黎和商人们都激发起来——为即将发生的事做好准备，你知道。当一切都变得热热烈烈，转入正轨以后，我们突然对他们宣布画家死亡的消息，并举行一个闻名的葬礼。你们明白了吗？”

“没——有，至少，不很——”

“不很明白？这还不明白吗？抽签选中的人并非真正死了，他只是改名换姓，销声匿迹。我们只埋掉一个假人，让世人和我们一道为之哭泣。并且我——”

可是他没能把话说完。大家忽然欢呼鼓掌起来，十分振奋。每个人都满怀感激之情，高兴地跳着，在屋子里团团转，你压着我的脖子，我压着你的脖子。我们数小时地谈论着这个伟大的计划，一点都不觉得饿。最后，我们对每个细节都做了满意的安排，这时便开始抽签，结果米勒被选中——如我们所说选中去死。然后我们就收集起一个人绝不会放弃的东西，除非他用它们打赌换取今后的巨额财富——纪念之类的玩意儿——我们把这些东西拿去典当，换来的钱足够吃一顿简单的告别晚餐和早餐，还剩下几法郎作旅费，另有一些萝卜之类的东西可供米勒过上几天。

次日一大早，我们三个人一吃完早饭就出发了——当然是步行。每个人都带着一打米勒的小画，打算到市场上去卖。卡尔取道巴黎，他将在那儿为未来伟大的日子努力提高米勒的声望。我和克劳德将各奔东西，奔赴法国各地。

瞧，我们做的事情多么轻松愉快，你明白了会吃惊的。我步行了两天，才着手工作，我先在一个大城市的郊区速写一个别墅——因为我看见房主就站在上方的阳台上。他走下来看我作画——我就知道他会的。我画得很快，以便让他一直有兴趣。他不时发出一点赞美之声，一会儿后说话竟激动起来，说我是一位大师。

我放下画笔，伸手从小提包里取出一幅米勒的画，指着边角处用拼合文字写的姓名自豪地说：

“我想你认得这个吧？瞧，他就是我的老师！我就认为我该知道自己的同行才是！”

那男人显出尴尬愧疚的样子，一言不语。我不无遗憾地说：

“你该不是指你不知道弗朗索瓦·米勒用拼合文字写的姓名吧！”

他当然不知道那个用拼合文字写的姓名，但他仍然是你所见过的再感激不过的人了，因为我那些轻松自然的话使他免于陷入不快的境地。他说：

“当然不是！唔，这的的确确是米勒的画！我都不知道自己一直在想什么。我现在当然认出来了。”

接下来他就想买那幅画。可是我说虽然我并不富裕，但我还没穷到那个地步。不过，最后我还是以八百法郎的价把画卖给了他。

“八百法郎！”

不错，米勒本来会把它卖掉换一个猪排呢。不错，我用那件小东西换了八百法郎。我真希望把它要回卖八万法郎才好，可那是一去不返的了。我给那个人的房子作了一幅挺不错的画，想十法郎卖给他，但那样不好。因为我是大师的学生嘛，所以我就一百法郎卖给了他。我把八百法郎直接从城里寄给了米勒，第二天又出发了。

但我没有走路——不，我坐车了。从那以后我就坐车了。我每天只卖一幅画，从不卖两幅。我总是对顾客说：

“我卖掉弗朗索瓦·米勒的画实实在在是个傻瓜，因为他活不到三个月了，他死后，他的画不管是为了喜爱还是金钱都得不到了。”

我设法把这件小事散布得尽量远一些，以便让世人们为此有所准备。

我认为出售绘画的计划都是我的功劳——是我提出来的。最后那晚我们在制定战略计划时我提出了如此建议，我们三人都同意先好好试一下，再看是否采取其他措施。结果我们大家都干得很成功。我只走了两天，克劳德也只走了两天——我们两个都担心米勒如此高的名望传得离家乡太近了——但是卡尔只走了半天，他这个机灵而没有良心的无赖，那以后就像个公爵一样旅行了。

我们不时会认识一位地方编辑，于是就通过报纸报道一条消息。这消息不是宣布发现了一位新画家，而是说人人都知道弗朗索瓦·米勒其人。不是以任何方式赞扬他，而只提说一下“大师”目前的情况——时而满怀希望，时而灰心丧气，但总是为最坏的事担忧。我们总发出这些短讯，把报纸送给买了我们画的每一个人。

卡尔不久到了巴黎，他事情办得很高超。他与记者们交上朋友，把米勒的状况报告给了英国和整个欧洲大陆，报告给了美国，以及所有的地方。

六个星期过去后，我们三人在巴黎碰头，暂时停止工作，不再让米勒寄画来了。情况非常良好，一切准备就绪，我们明白再不立即行动可就错了，我们不能再等下去了。所以我们就写信给米勒，让他开始卧病不起，尽快消瘦下去，如果他能准备好的话，我们希望他十天后就死去。

然后我们计算了一下，发现一共卖了八十五幅小画和习作，挣得六七万法郎。卡尔是我们三个卖得最好，最出色的一个。他把《奉告祈祷钟》卖了两千两百法郎。我们是怎样对他大加赞扬啊！——而我们并没有看到这样的一天就要来到了：法国将会努力去争夺它，一位陌生的人将会出五千零五万法郎夺得它。

那晚我们吃了一顿香槟酒晚餐，庆祝工作告一段落，次日我便同克劳德收拾起行装，回去照料米勒，陪伴他度过最后的日子，把那些管闲事的人都挡在屋外，每天向巴黎的卡尔发去米勒的病情报告书，以便在各大陆的报纸上发表，把情况报告给翘首以待的世人们。悲惨的结局终于到来，卡尔及时赶回来了，帮助筹办悲伤的葬礼。

你记得那个非同一般的葬礼吧，它在世界上引起了多大的震动啊，两个世界的名人们怎样来参加葬礼，并表现了多大的悲哀呀。我们四人——仍然是密不可分的四人——抬着棺材，绝不让其他任何人来帮忙。我们这样做是不无道理的，因为棺材里除了一个蜡像外什么也没有，任何抬棺材的人都会发现其重量有问题。是的，我们还是原先的四个人——在过去艰难的岁月里，我们曾一片情深地共同度过了贫困的日子，而那样的日子一去不复返了——我们抬着棺——

“哪四个人？”

“我们四个人呀——因为米勒也帮着抬他自己的棺材。不过是乔装了的，你知道。装扮成一个亲戚——一个远方亲戚。”

“太让人吃惊了！”

“但不管怎样却是真的。唔，你记得那些画的价格是怎样涨起来的吧。钱吗？我们都不知道该如何用才好。现在巴黎有一个人，拥有七十幅米勒的画。他花了两百万法郎买的。至于我们在旅行途中的六个星期里米勒大量出的速写和习作，唔，你要是知道了我们现在卖出的金额会大吃一惊的——就是说，当我们同意卖出一幅画时！”

“这真是一件奇妙的事，太奇妙了！”

“不错——是那样。”

“米勒究竟怎样了呢？”

“你能保守秘密吗？”

“能。”

“你记得今天我让你注意饭厅里的那个人吧？他就是弗朗索瓦·米勒。”

“太妙了——”

“斯科特！是呀，他们终于有一次没把一个天才饿死，然后把本应属于他的赏金放入别人的腰包。这只鸣鸟绝不愿唱出自己的心声而无人听到，然后让人们去为它举行一个隆重而冷漠的葬礼。这一切都是我们筹划的。”

一个没有结尾的故事

我们在船上玩了一个游戏，这可是消磨时光的好办法——至少晚上在吸烟室里是如此，这时人们经过白天单调乏味的工作之后，精神又振作起来。那游戏便是完成未完的故事。就是说，由一人讲一个故事，只留下结尾，让其余的人设法虚构出一个结尾来。任何想讲出结尾的人得到这个机会后，讲故事的人便把故事原来的结尾告诉大家——这样你就可以做出比较了。有时新的结尾证明比原来的好。可是眼前这个故事让大家构思得最长久，最坚决，最热切，因为它本来没有结尾，所以也就没什么可与新的结尾比较的。讲故事的人说他只能把情节讲到某一点上，因为他只知道那么多。他是二十五年前在一部小品里读到的，结果没看完就被打断了。任何人只要给故事补上的结尾让评奖团（将由我们选任）满意，他都愿意奖五十美元。我们选出了一个评奖团，便斟酌起这个故事来。大家设想出许多结局，但全部被评奖团否决了。评奖团是对的。故事的作者也许给了它一个令人满意的结局，若他果真如此有幸的话，我倒想知道那结局是什么。任何一个普通的人都会发现，这个故事的魅力在中间部分，显然无法将其转移到结尾去——而它当然是应该在这里的。故事大体如下：

三十一岁的约翰·布朗是一个温和善良、腼腆害羞的人，他住在密苏里州一个宁静的村子里。他是长老会主日学校的校长。当这个校长本来也没什么大不了的。不过那是他唯一的官方职务，他既谦逊又自豪，对于工作及其权利忠心耿耿。人人都知道他天性十分仁慈，事实上，人们说他这人除了温和善良、腼腆害羞外，什么也没有。在需要帮助时他总能给你帮助，但至于腼腆害羞，不管需不需要他都是那个样子。

二十三岁的玛丽·泰勒端庄、可爱而迷人，她的品性和外表都很美，是布朗最心爱的人儿。他也几乎是她最心爱的人。不过她还在犹豫，而他的希望又很高。她的母亲一开始就反对，但他看得出她母亲还在犹豫之中。她有两个受慈善团体保护的姐姐，他对她们关心备至，并给予了较多捐助，她因此感动了。她那两个姐姐孤独凄凉，如老人一般，住在交叉路过去离泰勒夫人农场四英里远的一间小木屋里，那是一个寂寞的地方。其中一个姐姐疯了，有时疯病还挺严重的，但这种情况不多。

终于时机成熟，似乎该迈出决定性的一步了，布朗鼓起勇气决心一试。他这次要送去比平常多一倍的东西，以便赢得玛丽母亲的心。只要她不再反对了，接下来他必定会很快征服玛丽的。

时值密苏里州温和的夏季，在一个平静的礼拜天下午他上路了，为了此行他专门很好地装备了一番。他穿着一身白色亚麻服，用一条蓝色缎带作领带，穿了一双时髦而较紧的靴子。马车行里最好的马和马车都让他租去了。乘车时盖在膝上保暖用的毯子也是用白色亚麻做成，其边缘是手工制作，精美至极，在当地是无与伦比的。

他在寂寞的道路上行驶了四英里，赶着马过一座木桥时，草帽被吹落掉进了一条小溪，漂到一根柱子上被挡住。他不知该如何是好。他必须弄到草帽，这是明摆着的，可是他如何弄到它呢?

然后他有了一个主意。路上空无一人，连个人影儿也见不着。是的，他要去冒一下险。他把马牵到路边去吃草，然后把脱光的衣服放进马车里，爱抚了一下马儿，想得到它的同情和忠诚，接着匆匆下了小溪。他游过去，不久就取到草帽。他回到岸边时，却发现马不见了！

他顿时两腿发软，几乎站不稳了。马正优哉游哉地沿路走着。布朗小跑着跟上去，一边说："喔，喔，好家伙。"可是每次他快靠近正要跳上马车时，马就加快了一点步子，使他无法上车。这种情况一直继续着，令这个赤裸的男人焦急万分，他每时每刻都担心着会有人出现。他在马车后紧追不放，恳求着、哀求着马儿停下，一直追了一英里远，接近了泰勒家。他终于成功了，跳进马车。他赶紧穿上衬衣，系上领带，套上外衣，然后去拿——但已经太晚了。他突然坐下，拖起毯子盖在身上，因为他看见有人从门口出来——是个女人，他想。他把马赶向左边，轻快地上了交叉路。路非常直，两边都暴露无遗，不过三英里前面有一片树林和一个急转弯，他到达那儿时真是感激不尽。他一转过弯就让马车慢下来，伸手去拿他的裤子——又太晚了。

他遇见恩德比夫人、格洛索普夫人、泰勒夫人和玛丽。她们步行着，似乎既劳累又兴奋的样子。一看见他，她们立即朝马车走过来，互相握手，热切、认真而异口同声地说，她们多么高兴他来了，多么幸运啊。然后恩德比夫人激动地说：

"他这个时候到来，看起来像是偶然的。但咱们谁也不要这样说，以免亵渎了这事。他是——是从天上派来的。"

她们全都受了感动，格洛索普夫人用敬畏的声音说道：

"萨拉·恩德比，你还从没说过这么真实的话呢。这绝不是偶然的事，而是特别的天意。他是上天派来的。他是一个天使——同以往的任何天使一样真实——一个解救人们的天使。我说天使，萨拉，而不愿用其他任何词语。任何人别再对我说根本没有天使之类的事，因为假如他不是天使的话，就让他们去说明原因吧。”

“我知道是这样，”泰勒夫人热切地说，“约翰·布朗，我会崇拜你的，我会为你下跪的。难道没有什么告诉你——难道你没感觉到你是上天派来的吗？我会吻你那毯子边的。”

他无言以对，既害臊又恐惧，不知如何是好。泰勒夫人继续道：

“哎呀，快四处看看吧，朱莉娅·格洛索普。任何人都能看见上帝之手伸在里面。瞧，中午时我们看见什么啦？我们看见烟雾升起来了。我大声说，‘那是老人们的小屋着火了。’不是吗，朱莉娅·格洛索普？”

“你真是那样说的，南希·泰勒。我当时离你就像现在这么近。你也许说的是棚屋而不是小屋，不过实际上都一样。你当时脸色还苍白呢。”

“苍白？我是那么苍白，如果——唉，你只把我的脸色拿这个毯子来比了。接下来我说道，‘玛丽·泰勒，让那个雇用的人把马车备好——咱们去救火吧。’她说，‘妈，你不知道你对他说过，他可以赶车去看看亲友，过了礼拜天再回来吗？’事情正是这样的。我承认，我是把它忘了。‘那么’，我说，‘咱们走路去吧。’于是我们就走路去了，发现萨拉·恩德比也在路上。”

“我们大家就一起去了，”恩德比夫人说，“发现小屋被那个疯子烧垮了，两个老东西太老、太虚弱，简直走不动。我们把她们弄到一个阴凉的地方，尽量让她们舒适一些，并开始觉得疑惑，不知转到哪条路上才能把她们弄到南希·泰勒的家去。因此我大声问——瞧，我说什么来着？我不是说，‘上帝会保佑’的吗？”

“唔，你的的确确说过那话！我倒给忘记了。”

“我也忘记了，”格洛索普夫人和泰勒夫人说，“不过你当然是说过那话的。瞧，这不是太奇特了吗？”

“不错，我说过。然后我们走两英里路去了莫斯利先生的家，他们都去石岔口参加野营布道会去了。然后我们又走两英里路回去，再走一英里路到这儿——老天真的保佑了我们。你们亲眼见着的。”

我们互相惊奇地注视着，举起手同声说道：

“这实在太妙了。”

“那么，”格洛索普夫人说，“你认为我们最好该怎么办呢——让布朗先生把那两个老人用车分别送到南希·泰勒的家去，或者让她们两个都坐进车里，他牵着马走呢？”

布朗气喘起来。

“唔，哦，这可是一个问题。”恩德比夫人说，“你瞧，我们大家都累了，不管怎样都不好办。假如布朗先生把她们两人带去，至少我们得有一个人回去帮他，他一个人是没法把她们弄进车里的，她们太不能照顾自己了。”

“是那样，”泰勒夫人说，“好像并不——啊，这该怎么办呢！——我们其中一人同布朗先生一起赶车去那儿，其余的人步行到我家去，把事情准备好。让我和他一起去吧。我们两个可以把一个老人扶进车里，然后把她送到家再——”

“可是谁照顾另一个老人呢？”恩德比夫人问，“我们绝不能把她一个人留在树林里，你们明白——特别是那个疯人。去那儿往返共八英里，你们知道。”

现在她们在马车旁的草地上坐了一会儿，让自己疲乏的身躯得到休息。有一阵子她们陷入沉默之中，努力琢磨着眼前令人迷惑的处境，之后恩德比夫人忽然喜形于色，说：

“我想我现在找到办法了。你们明白，我们再也不能走路了。想想看我们走了多少路：四英里去那儿，两英里去莫斯利家，这就六英里，然后又回到这儿——午后已走了九英里，什么东西也没吃——我敢说，我都不明白我们是如何走了这么多路的。至于我吗，我可是饿了。瞧，得有一个人回去帮布朗先生——此外没别的办法，但不管谁回去都坐车，不用走路。所以我的想法是：我们其中一个人同布朗先生一起赶车回去，然后用车把一个老人送到南希·泰勒的家，让布朗先生留下照顾另一个老人，你们大家都走路到南希家去休息、等待。然后你们当中的一个人赶车回去接另一个老人，把她送到南希家，布朗先生走路去。”

“太妙了！”她们都叫起来，“哦，那行——那非常合适。”大家都说她们当中恩德比夫人最善于计划安排，说她们真是感到奇怪，这么简单的事竟然自己没有想到。她们都是些纯朴的好心人，并没有要收回赞美话的意思，事实上她们也并不知道自己说过赞美的话了。经过一番讨论后，决定由恩德比夫人同布朗赶车回去，只有她才有资格享受如此殊荣，因为这个安排是她想出来的。现在一切都安排解决得令人满意了，各位女士们就站起身来，感到宽慰和高兴，拍拍身上的泥草，有三个人便开始返回：恩德比夫人把脚踩上马车的踏板正要爬进去时，布朗发出了他还有的一点声音，气喘吁吁地说道——

“快，恩德比夫人，叫她们回来——我太虚弱了，走不动啦，真的走不动啦。”

“哎呀，亲爱的布朗先生！你看起来确实很苍白，我真为自己没能早点发现害臊。快回来——你们所有的人快回来！布朗先生不好了。我能为你做什么吗？布朗先生——我真的对不起。你觉得痛不？”

“不，夫人，只是虚弱。我没有病，只是虚弱——这是刚才的事，才觉得浑身无力的。”

于是其余的人都回来了，对他深表同情，为自己没有注意到他脸色多么苍白满怀自责。她们立即做出一个新的安排，一致认为这是迄今为止最好的办法。她们决定大家先到南希·泰勒的家去，把布朗的事处理好再说。他可以躺在客厅的沙发上，由泰勒夫人和玛丽照顾他，而另外两个女士则赶着马车去接一个老人，留下其中一个女士照顾另一个老人。然后——

此时她们没再更多征求意见，来到马的头部，正要让它掉转身。危险已迫在眉睫，但布朗又发出声音救了自己。他说——

“可是，女士们，有些情况使这个安排行不通，你们却忽略了。你们瞧，如果你们把其中一个老人接回去，留下一个照顾另一个老人，那么等另一个女士转去接留下的老人时，那里就有三个人了，因为必须有一个人把车赶回去，而三个人是不能同时坐在车上的。”

她们都叫起来，“哎呀，真是那样！”又一次茫然不知所措了。

“天哪，天哪，我们能怎么办呢？”格洛索普夫人说，“这真是再混杂不堪的事了。又是狐，又是鹅，又是谷，等等，等等——啊，天哪，这些东西都无关紧要呀。”

她们又一次无精打采地坐下去，本来已经大伤脑筋，现在又得绞尽脑汁想出一个行之有效的办法。玛丽很快提出了一个办法，这还是她第一次提出。她说：

“我年轻力壮，现在已经恢复精力了。把布朗先生带回我家去，帮助帮助他——看他显然多么需要照顾呀。我走回去照顾好两个老人，二十分钟我就能到达那儿。你们继续刚开始做的事吧——在我们家旁的大路上等着，直到有人赶着一辆大马车过来，然后你们赶车来把我们三个人接走。你们等不了多久的，农夫们很快就会从城里回来了。我会让老波莉耐心等着，使她高兴起来——那个疯子倒用不着。”

大家讨论并接受了这个计划。在目前的情况下它似乎是最好的，那两个老人此时也一定灰心丧气了。

布朗这才松了口气，满怀感激。他一上大路就可以想办法躲开了。

这时泰勒夫人说：

“傍晚很快就会凉下来，那两个精疲力竭的可怜老人需要什么盖的东西。你把这个毯子带上吧，亲爱的。”

“好吧，妈，我带去。”

她走向马车，伸手拿毯子——

故事到此结束。讲故事的旅客说，二十五年前他在一辆火车上读到这里时突然被打断了——火车掉入了一座桥下。

最初我们认为结束这个故事是一件轻而易举的事，因此满怀信心地构思起来。可是很快就看出这并不简单，而是比较难办，让人困惑。这主要是由于布朗品性的缘故——他既慷慨大方，仁慈善良，又异常腼腆，缺乏自信，尤其是在女人面前，两种性格复杂地交织在一起。一方面他爱着玛丽，虽然这种爱情只是一种希望，尚无把握——不错，只是处于某种状况，此时他处事必须非常老练得体，不能出差错，不能得罪人。另一方面有她母亲——她对他俩的事犹豫不决——只要手段机灵，不出差错，她现在是可以被争取过来的，否则也许就永远得不到她的同意了。此外，林子那边还有两个不能自理的老人等着——布朗在随后两秒钟内采取的一举一动，都将决定她们的命运和他自己的幸福。玛丽在伸手拿毯子，布朗必须做出决定——机不可失，失不再来。

评奖团当然只会接受一个幸福快乐的结局，结尾必须让布朗在女人们面前有较高的信誉，他的行为无可指责，他腼腆的性格没受到伤害，他仍然保持着自我牺牲的品性，两个老人因为他——她们的恩人——而得救，所有人都为他自豪，为他高兴，他真是有口皆碑。

我们极力设想着，但总是困难重重，无法解决。我们明白，由于羞怯，布朗是不会交出毯子的。这就会冒犯玛丽和她母亲，会让其他的女士们吃惊，部分因为两个老人受着苦，他却那么吝啬，这与他的性格是不相符的。部分因为他是一个天使，严格说来不可能有那种行为。如果让他解释一下自己为何那样，他因为腼腆羞怯又不可能说实话。他历来不会捏造什么，又缺乏经验，因此无法编出一个站得住脚的谎言。这个问题实在大伤脑筋，我们一直琢磨到早晨三点钟。

与此同时，玛丽仍然在伸手去拿毯子。我们只好不再去想了，决定就让她继续去拿吧。结局该如何，读者诸君自可明断。

两个小故事

[一]

第一个故事：告诉局长发明的人

一些日子前——那是1900年2月里——一个朋友下午到伦敦来看我。在我们这样的年龄，男人们总是一边抽烟一边闲谈消磨时光，对于生活中的欢乐和恼怒都不怎么谈及。可这位朋友渐渐地便开始谩骂起“战事局”来。好像他有一个朋友发明了什么东西，对南非的士兵很有用处。那是一种轻便、耐穿并且十分廉价的靴子，潮湿的天气里也能保持干燥，牢固不变形。发明者希望引起政府注意，可他是一个无名小卒，知道那些大官儿们会对他的发明不屑一顾。

“这说明他是一个傻瓜——像其余人一样，”我打断朋友说。“说下去吧。”

“你干吗要那样说？我朋友说的可是实话呀。”

“他说的是谎话。说下去吧。”

“我会证明他——”

“这件事你什么也证明不了。我这人非常老练明智。你千万不要和我争论，这是不礼貌，让人不高兴的。说下去吧。”

“很好。不过你马上就会明白。我并非无名之辈，但即便如此也无法把朋友的发明转达给皮鞋局局长。”

“又在撒谎。请说下去吧。”

“不过我以名誉向你担保我是失败了。”

“哦，当然啦，我早就知道会那样。你用不着告诉我。”

“那么撒谎从何说起？”

“就从你所说的无法让局长对那人的发明引起注意，这就是谎话，因为你是能让他对发明引起注意的。”

“告诉你我没办法。我花了三个月时间还没办成呢。”

“当然会这样。你不说我也知道。如果你能够采取一种明智的办法，就能够让他及时注意了，你朋友也能做到。”

“我的确采取了明智办法呀。”

“你没有。”

“你如何知道？你对情况都了解些什么？”

“一点不了解。不过你就是没采取一种明智的办法，我对此确信无疑。”

“既然你不了解我使用的办法，又如何知道呢？”

“从结果就知道。结果是最好的证明。你采取了一种不明智的办法。我非常老练明智——”

“哦，是的，我知道。不过你愿意让我告诉你，我是怎样做的吗？我想这就会解决我的做法明不明智的问题。”

“不，这个问题已经解决了。不过说下去吧，因为你太想表白自己了。我非常老——”

“当然，当然。我坐下来给皮鞋局局长写了一封礼貌的信，解释——”

“你认识他本人吗？”

“不认识。”

“你已经让我赢一分了。你开始就不明智。说下去。”

“在信中我讲明了那项发明的巨大价值和低廉的价格，并提出——”

“去见他？当然你这样做了。你已经输了两分。我非——”

“他三天都没回答。”

“那是必然的。说下去。”

“之后给我寄来了生硬的三行字，感谢我费心，什么建议——”

“也没提出。”

“是的——什么建议也没提出。然后我又更加煞费苦心地给他写了一封信，但——”

“我得三分了——”

“毫无音信。一周后我又写信去，带着一点严厉的语气要求他回我信。”

“我得四分了。说下去。”

“然后我收到一封回信，说我的信没收到，要我复印一份去。我通过邮局查了那封信，发现是已经收到了的。不过我寄了一份复印件去，什么也没说。两星期过去了，没再收到任何通知。我渐渐冷静下来，想再给他写一封礼貌的信去。于是就写了，并提出次日会一次面，说如果到时得不到消息，我就认为他默许了。”

“我得五分了。”

“我十二点钟准时到达，有人让我坐在接待室的一把椅子上等着。我一直等到一点半，然后离开了，感到羞耻和气愤。为了冷静下来，我又等了一个星期，然后写了一封信去，约他次日中午见面。”

“我得六分了。”

“他回复表示同意。次日我准时赴约，在一把椅子上一直坐到两点半，然后才永远愤然离去。皮鞋局局长粗鲁无礼，效率低下，毫无能力，对于部队的利益漠不关心，在我看来他是——”

“别说啦！我非常老练明智，见过许多貌似聪明的人并无足够的判断力，不能采取明白人情事理的办法来处理这样一件简单容易的事。这不足为奇，我本人就认识许许多多像你这样的人。你很不必要地浪费了三个月，那个发明者也浪费了三个月，那些士兵也浪费了三个月——一共浪费了九个月。下面我给你念一个我昨晚写的小故事，之后你明天中午就会见到局长，办你的事了。”

“太好了！你认识他吗？”

“不认识！不过你听听这个故事。”

第二个故事：扫烟囱小工的妙法

夏天到了，所有身强力壮的人都因为酷热变得萎靡不振，而许多虚弱无力的人都变得疲惫衰竭，奄奄一息。几周来由于受痢疾侵蚀，军队的力量在不断削弱，给士兵们带来巨大灾祸，并且大家对此束手无策。医生们绝望了，他们的药物和医术曾经有过的功效——尽管也并非十分显著——已经成为过去，并且将毫无转变。

皇帝命令最有名望的医生到他面前问话，因为他万分不安。他对医生相当严厉，叫他们解释为何让士兵们一个个死掉，还问他们懂不懂得医术；他们是正当的治病救人者呢，还仅仅是杀人的凶手？然后那位主要的凶手——他也是此地最有资历，看来最受尊敬的人——回答说：

“我们已尽了最大努力，陛下，虽然这种努力由于充分的理由作用甚微。任何药物和医生都治不了这种病，只有大自然和强壮的身体才能征服它。我资历不浅，明白这一点。任何医生和药物都无法治疗它——我重复、强调这一点。有时他们好像给大自然帮上一点儿忙——很少一点点——但一般说来他们只是带来损害。”

皇帝性情暴躁，喜好骂人，说些刺耳难听的话把医生骂得狗血喷头，将他们赶了出去。

一天之内，他自己也患上了那致命的疾病。这消息越传越广，遍及全国，人们陷入惊恐之中。

大家都在谈论这可怕的灾难，人人沮丧不堪，因为几乎所有的人都绝望了。皇帝本人也很忧郁，叹息说：

“这是上帝的意愿。把那些凶手们再找来吧，让我们渡过难关。”

医生们来了，摸摸他的脉，看看他的舌，拿来药喂进他嘴里，耐心地坐下来等着——因为他们不是只聘这一次而是聘一年。

［二］

汤米十六岁，是一个聪明伶俐的少年，但在社会上尚无一席之地，因为他的地位还相当低下，工作十分卑微。事实上，他的工作是最最低下的，还要受父亲的指挥——父亲的活儿是倒垃圾和开粪车。汤米最要好的朋友是扫烟囱的小工吉米，他是一个身材细长的小家伙，十四岁，诚实、勤奋、心地好，他靠那危险而令人厌烦的工作供养着卧床不起的母亲。

大约在皇帝患病一个月后，这两个少年一天晚上九点左右相遇了。汤米正去做夜工，当然就没穿着他最好的衣服，而是穿着他那身极其糟糕的工作服，气味也很不好闻。吉米正干完白天的活回家，你再也想不出什么东西比他一身更黑的了。他把一些刷子扛在肩上，烟灰袋系在腰上。黄褐色的脸蛋上除了一双生气勃勃的眼睛外，什么也看不到。

他们坐在路边石上说着话儿，所谈的当然是这同一话题——全国的灾难，皇帝的疾病。吉米满怀着一个伟大的计划，急于要告诉汤米。他说：

“汤米，我能够把陛下的病治好。我知道怎么办。”

汤米大吃一惊。

“什么！你？”

“是的，我。”

“唉，你这个小傻瓜，最好的医生也治不了。”

“我才不管呢，我是能治好的。十分钟我就能把他治好了。”

“啊，别胡闹啦！你在对我说些什么？”

“事实——就这些。”

吉米的态度非常认真，使汤米严肃起来，说：

“我相信你是认真的，吉米。你是认真的吗？”

“我向你发誓。”

“你打算怎样？如何去治好他的病？”

“告诉他吃一片熟西瓜。”

这话使汤米突然大为震惊，为这个荒唐可笑的想法大叫大笑着，一会儿后才止住。但当他看见吉米受了伤害时便冷静下来，充满温柔地拍拍他的膝盖，也不在乎上面的煤烟灰，说：

“我把笑全部收回。我并不是有心要伤害你，吉米，我不再那样做了。你瞧，你的话太有趣了，因为凡是有军营和痢疾的地方医生都竖起了一块牌子，说无论谁被抓着带西瓜到那儿去，都会被九尾鞭打得站不起来。”

“我知道——那些傻瓜们！”吉米说，涌出眼泪，声音里带着气愤，“西瓜这样多，一个士兵都不应该死的。”

“可是，吉米，你怎么会有这个想法？”

“不是想法，是事实。你认识那个头发灰白的老祖鲁人[①]吗？唉，好长一段时间以来他为我们很多朋友治好了病，我妈亲眼看见过的，我也看见了。只需要吃一两片西瓜，不管病是刚得的还是以前得的，都一样能治好。”

“真是奇怪呀。不过，吉米，如果真是这样，应该让皇帝知道。”

“当然呀，我母亲对别人说了，希望他们能把消息带给他，可他们都是些穷苦的劳动人民，什么也不懂，不知道怎样做。”

“他们那些傻瓜当然不知道，”汤米轻蔑地说，“我会把消息带给他的！”

“你？你这个拉粪车的可鄙小人！”现在轮到吉米笑了。但汤米坚决地反驳说：

“唉，你要笑就笑吧，不过我是会做的！”

他的话如此确定和自信，产生了效果，吉米严肃地问：

“你认识皇帝吗？”

“我认识他？唉，看你怎么说的！我当然不认识。”

---

① 非洲东南部的一种人，是班图族的一支。

“那你怎么去做？”

“非常简单容易。猜猜看，你会怎样做呢，吉米？”

“给他寄一封信去。我这会儿才想到这个办法。不过我打赌你就会这样的。”

“我打赌不会。告诉我，你怎么送去呢？”

“唉，当然通过邮件呀。”

汤米对他大加嘲笑，说：

“瞧，难道你不认为这个帝国里每个怪人都是那样做的吗？难道你是要说你没有想到这点？”

“唔——没有。”吉米羞愧地说。

“如果你不是太年幼，太无经验，你本来应该想到的。唉，吉米，甚至一个普通的将军、诗人、演员，或任何有点儿名气的人病了，这个王国里所有怪人就会给他寄去大量的邮件，告诉他一些必定是骗人的治疗方法。这样，当皇帝病了时必然就会发生什么事呢？”

“我想情况会更糟糕。”吉米害臊地说。

“唔，可不是吗！你瞧，吉米：这些大量的信被抛在了宫殿后院，每晚我们都要从那儿运走六车。一晚上就有八万封信！你以为有谁看它们吗？不！一个人都没看。如果你写了信去也同样没一个人看——我想你不会写吧？”

“不会。”吉米叹口气说，被彻底制服了。

“不过没关系，吉米，你别发愁。剥猫皮的方法可不止一种。我会把消息带给他的。”

“喂，只要你能，汤米，我会永远喜欢你！”

“告诉你我会的。你别急，相信我好啦。”

“我真的相信你，汤米，因为你知道很多东西。你不像其他的男孩，他们什么也不懂。你打算如何办成，汤米？”

汤米高兴极了。他安静下来，以便平平静静地讲述一下，说：

“你认识那个衣服破烂的穷家伙么——他因为提一只篮子到处卖猫肉和腐肝，就认为自己是个屠夫？瞧，我首先就要把消息告诉他。”

吉米大失所望，深为懊恼，说：

“瞧，汤米，这样说真让人丢脸。你知道我的心思都放在里面了，这是不对的。”

汤米温柔地拍了拍他，说：

“你别发愁呀，吉米，我知道我在做什么。要不了多久就会明白的。那个半真半假的屠夫会把消息告诉给巷角卖栗子的老女人——她是他最好的朋友，我会让他去。然后又要求她告诉上面两条街角处开小水果店的有钱的姨母。那姨母又会告诉她特别的朋友，就是那个开游戏店的男人。他又会告诉他的朋友，就是那个警察中士。中士告诉他的上尉，上尉告诉执法官，执法官告诉他的姐夫、县法官，县法官告诉行政司法长官，行政司法长官告诉市长，市长告诉议长，议长再告诉——”

“这个计划实在太奇妙了，汤米！你是怎么——”

“——海军少将，海军少将告诉海军中将，海军中将告诉蓝色舰队海军上将，蓝色舰队告诉红色舰队，红色舰队告诉白色舰队，白色舰队告诉海军大臣，海军大臣告诉议院议长，议长——”

“加油，汤米，你快送到了！”

“——告诉猎狗总管，猎狗总管告诉马夫头儿，马夫头儿告诉马厩总管，马厩总管告诉宫廷侍从总管，宫廷侍从总管告诉掌礼大臣，掌礼大臣告诉宫廷大臣，宫廷大臣告诉替皇帝扇苍蝇的贴身小男侍，小男侍再跪着对陛下耳语——这个把戏不就成了吗！”

“我必须站起来欢呼两声，汤米，这可是最最美妙的主意。是什么使你想到这个的？”

“坐下来听我说，我会教给你一些学问——你这辈子都别忘了。瞧，谁是你最亲密的朋友，世上无论任何事你都不能，也不会拒绝他？”

“唉，是你呀，汤米。你明白的。”

“假定你曾想让那个卖猫肉的人帮你一个很大的忙。唔，你又不认识他，他会让你见鬼去，因为他就是那样一种人。但除了你外，他就是我最好的朋友了，为了帮我的忙——任何忙都行，他才不在乎——他跑断两条腿也愿意。现在我问你：哪一个是最明智的——你去让他告诉卖栗子的女人的西瓜疗法呢，还是你让我去替你说？”

“当然让你去替我说。我根本就不会想到让他去，汤米。这太妙了！”

“这是一种哲学，你明白——一个非常好也非常重要的词。它的意思大致是：世上每一个人，无论地位高低都有一个特别的朋友，一个他乐意帮忙的朋友——不是讨厌而是乐意——完完全全乐意。因此我不管你从哪儿开始，都可以把话带给任何你想带给的人的耳中——我不管你地位多么低，也不管他的地位多么高。并且这非常简单：你只需找到第一个朋友就行了，你的任务就完成了。他自己又去找到第二个朋友，那人又找到第三个，以此类推，朋友接朋友，像链条一环接一环。你可以在链的上环或下环，想多高就多高，想多低就多低。”

“这太美妙了，汤米。”

“它就像ABC一样简单容易，可是你听见过有谁试过这种办法吗？没有，人人都是傻瓜。他不经任何介绍就去找一个陌生人，或者给他写信去，当然要被泼一身冷水了——这是天大的活该！瞧，皇帝并不认识我，但没关系——明天他就会吃西瓜的。你等着瞧吧。嗨——等等！那不是卖猫肉的人吗。再见，吉米，我去赶上他。”

他真的赶上了那人，说：

“喂，你愿意帮我一个忙吗？”

“我愿意？唉，这还用说！一切听你安排。说吧，看我去给你跑腿就是了！”

“去告诉那个卖栗子的女人放下所有的事，把这个消息带给她最最好的朋友，再让她朋友传上去。”他讲了那消息，然后说，“好啦，现在赶快去办吧！”

随后扫烟囱工人带给皇帝的话便上路了。

［三］

次日晚近午夜时分，医生们坐在皇帝病房里低声耳语着，焦虑不安，因为皇帝处在病危之中。每次他们让皇帝服用新药，其病情就更加严重，这一点他们无法隐瞒自己。他们感到悲哀，随时料到结局的到来。消瘦可怜的皇帝一动不动地躺着，眼睛紧闭，他所宠爱的小男侍在为他扇走苍蝇，低声哭泣。不一会儿，男孩听见丝织门帘沙沙的声音，转身看见宫廷大臣正从门口往里窥望，并激动地招手让他过去。小男侍踮着脚尖，轻快地来到他亲爱、敬重的朋友宫廷大臣身边，只听宫廷大臣说：

“只有你才能说服他，孩子，啊，你可一定要办成！把这个拿去让他吃了，他就会得救。”

“这事交给我去办吧。他会吃的！”

那是两大片新鲜、红润的西瓜。

次日早晨，消息四处传开，说皇帝已完全康复，并把医生们都绞死了。欢乐的浪潮席卷全国，人们激动得发狂，准备张灯结彩庆祝这个不平凡的日子。

早饭后，陛下沉思起来。他的感激之情无法形容，为了向恩人充分表达这一点，他极力思考着送给恩人一个非常富贵的奖赏。想好之后他叫来小男侍，问是不是他发明的那个治疗方法。男孩说不是——是宫廷大臣告诉他的。

皇帝让他走后又思考起来。宫廷大臣是一个伯爵，他要让他升为一个公爵，并把反对党一个成员的大笔财产送给他。他叫来宫廷大臣问是不是他发明了那种疗法。但宫廷大臣是一个诚实的人，他说是掌礼大臣告诉他的。于是皇帝让他走了，又思考起来。掌礼大臣是一个子爵，他要让他升为伯爵，给他一大笔收入。但是掌礼大臣求皇帝问问宫廷侍从总管，因此陛下又思考起来，想着一个更小的奖赏。可宫廷侍从总管又求他再往下问问，因此他不得不坐下来，进一步考虑出一种既恰当得体又更小些的奖赏。

然后，为了终止这种乏味的调查，尽快了结此事，他叫来皇家侦探探长，命令探长把那种治疗法的事查个水落石出，以便他恰当地奖赏恩人。

晚上九点探长就带来了消息。他寻根究底，最后查到一个叫吉米的少年，一个扫烟囱的小工。皇帝满怀深情地说：

“勇敢的孩子，他救了我的命，一定会为此高兴的！”

于是皇帝把自己的一双旧靴子送给孩子，另外还送了一双比他最好的靴子稍微次之的靴子。吉米穿起来太大了，不过那个祖鲁人穿着倒合适，所以也就行了，一切事情又恢复正常。

第一个故事的结尾

“喂——你明白了吗？”

“明白了，谢谢。就照你说的去做。明天我就去办这事。我和皮鞋局局长最好的朋友很熟。他会给我写一张介绍信的，并说我的事对政府实在重要。我不需要预约就把信带去，附上我的名片。我现在半分钟也等不了啦。”

结果政府不折不扣地照办了，采用了那些靴子。

迟到的俄国护照

一蝇知夏。

——普顿赫德·威尔逊历书

［一］

在柏林的腓特烈拉一家大啤酒馆里，临近傍晚，一百张圆桌旁坐着抽烟、喝酒的先生们。系白围裙的侍者四处穿来穿去，把大杯大杯冒着白泡的啤酒送到一个个嗜酒的人桌上。离大门口不远的一张桌旁围着六个生机勃勃的青年——他们是美国学生——在举杯向一个来旅游参观的耶鲁大学的青年学生告别，他已经来这个德国的首都好几天了。

“可你为什么要中断旅游呢，帕里什？”一个学生问，“我要是有你的机会多好。你急着回家去做什么呢？”

“是呀，”另一个说，“你是怎么想的？可得解释一下，知道吗，因为这看起来不正常。想家吗？”

帕里什鲜嫩的脸上泛出了女孩般的红晕，他迟疑片刻后承认这是让他不安的事。

“我以前从没离开过家，”他说，“所以觉得一天比一天孤独。已经几个星期没见到一个朋友，这太可怕了。要不是因为看见你们这些朋友，我再也待不下去了，为了自尊心我本来打算旅游完的。我觉得那真是一个天堂，但是实在无法再忍受那种孤独沉闷的日子。如果我有朋友在身边——但你们知道我没有，所以毫无用处。我小时候人们常叫我南希小姐，我想现在也还是吧——像女孩一样腼腆羞怯等等。我真该做个女孩！我受不了啦，我要回家。”

男孩们都温和地鼓励他，说他在犯生活中的一个错误。有一个补充说在回去之前他至少应该去看看圣彼得堡。

“不！”帕里什哀求似地说，“那曾是我最可爱的梦想，但现在我受不了任何人的劝说。我不能一个人去，我想我会死的。”他拍拍胸前的衣袋，又说道：“这东西不会让我改变主意的，我已经买了去巴黎的卧铺票，今晚就走。现在喝酒吧——我请客——都斟满——为回家干杯！”

男孩们说过再见之后就离开了，把艾尔弗雷德·帕里什一个人留在那里，他又陷入沉思，不过只一会儿。一个强壮的中年男人——他举止欢快活泼，有条不紊，带着一种坚定、自信的神气，让人觉得受过军事训练——这时从邻桌旁急忙奔过来坐在帕里什身边，兴致勃勃，十分认真地说起话来。他的眼睛，面容，声音，似乎全都散发出活力，身体里好像充满了蒸汽——压力强大，你几乎能听见他身上试水位旋塞[1]的响声。他真诚亲切地伸出一只手来和帕里什握着，带着一种令人深信的神态，颇为确信地说：

“嗨，你可一定别那样，真的一定别那样，不然你将会犯下一个天大的错误，会终生后悔的。求你答应吧，别拒绝——千万别拒绝！”

他的话中带着十分友好的语气，显得真诚之至，使青年不

① 用于测定锅炉等的水位。

再那么沮丧了，两眼湿润——这无意中表明他受了感动，充满感激。机警的陌生人注意到这个反应，为此非常满意，于是继续利用自己的优势，而并不等着让对方把感激说出口。

“别，别那样，那会是一个错误。你们说的一切我都听见了——你会原谅我的——我离你们太近，不能不听到。想到你要中止旅行，而你又真的希望看看圣彼得堡，并且差不多就快看到它了，我就焦急不安！再考虑一下吧——唔，你一定要再考虑一下。那地方很近——要不了多久就会到达并看完的——想想它会给你留下多么美好的回忆呀！”

然后他继续描绘俄国首都和它的一些奇迹，使帕里什心驰神往，本来已振作起来的精神更充满了激情。之后——

“当然你一定要去看看圣彼得堡——一定要！唉，你会高兴的——会高兴的！我知道，因为我对那个地方和我在美国的故乡一样熟悉。十年——我知道它已有十年时间。不管你问那儿谁，他们都会告诉你他们认识我——杰克逊少校。就连那儿的狗都认识我。去吧，啊，你一定要去，真的一定要去。”

这时帕里什的心渴望地颤动着。他要去，他的脸已如同言语一般明明白白表露了出来。接着——先前的阴影又出现了——于是他忧伤地说：

“啊，不——没用，我不能去。我会因孤独而死的。”

少校吃惊地说：“孤——孤独！唉，我要和你一起去呀！”

这可大大出乎预料。也并非很让人高兴。事情变化得太快了。难道这是一个圈套？这个陌生人是骗子？为什么他要无缘无故对一个四处漫游的陌生青年感兴趣？然后青年望望少校那坦然、可爱、欢快的面容，感到羞愧，希望知道如何摆脱这困境，而又不伤害让他陷入困境的人的感情。可他不善交际，只好自觉笨拙而缺乏信心地去面对这困境。他显得过分公正无私地说：

“哦不，不，你太好了，我不能——我不能让你为了我给你添这样多的麻——”

“麻烦？一点麻烦没有，老弟。不管怎样我今晚也要去，坐九点钟的快车。好啦！咱们一起去吧。你一分钟也不会孤独的。走呀——还不答应！”

因此这个借口失败了。现在怎么办呢？帕里什灰心丧气，好像他无论想出什么可怜的借口都无法摆脱困境。但他还必须再作一次努力，他也这样做了。没等把借口说完，他已意识到这次无可辩驳了：

“啊，可我运气非常不佳，不可能去的。你看看这些。”他拿出一些票放在桌上。“我已订购了去巴黎的车票，当然不能把这些票和行李单换成去圣彼得堡的，那会损失一些钱。即使我可以不要那些钱，再另外买票之后就相当拮据了——我身上就只有这么些现钱了。”说罢，他把一张五百马克的钞票放到桌上。

片刻后，少校拿起车票和行李单就往外走，一边热情地说：

“好的！没问题，一切都没问题。他们会为我换车票和行李单，他们全都认识我——每个人都认识我。你就坐着别动，我马上回来。”然后他伸手去拿钞票补充道，“我把这个也带上，新买票可能会额外花点钱。”随即他朝门口飞奔而去。

［二］

艾尔弗雷德·帕里什惊呆了。事情来得太突然、太意外、太不可信、太不可能了。他张开嘴，却说不出话。他极力想喊“拦住他”，但就是喊不出声来。他想去追，两腿却一点也挪不动，只是哆嗦，然后瘫软下去，让他陷进椅子里。他喉咙发干，呼吸急促，惊愕得倒抽一口冷气，头脑晕眩。必须采取什么行动？他不知道。但有一件事是明白无误的——他必须振作起来赶上那人。当然，那人无法把票钱换回来，不过他会因此把票丢了吗？不会。他必定会到车站去把票半价卖给谁，而且就在今天卖，因为根据德国惯例它们明天就会作废。想到这些，他产生了希望和力量，于是起身就走。但他只走了几步便突然感到一阵厌恶，又踉跄着回到椅子上，浑身无力，怕他的行动被人注意到了——最后一巡的啤酒是他付钱。钱还没付，而他一芬尼[①]也没有。他成了一个囚犯——天知道他要离开这地方会发生什么事。他胆怯、惊恐、沮丧，用自己那点德语知识又无法对人说明所处的困境，以便求得帮助和恩惠。

想到这些，他便难过起来。他怎么会这么傻呢？什么使他鬼迷心窍，要听从那个明显的投机者支配？那个侍者又过来了！他用报纸挡住自己，浑身哆嗦。侍者走过去，真是谢天谢地。钟的指针好像停止了，可他止不住死死盯住它们。

十分钟缓慢地过去。侍者又来了！于是他又藏在报纸后面。侍者停下——仿佛站了一个星期似的——然后又走过去了。

又过了令人痛苦的十分钟——那个侍者又来了，这次他擦着桌子，仿佛擦了一个月。然后又好像站了两个月时间才走开。

帕里什觉得他受不了再看见侍者过来。他必须冒险，必须遭受指责逃跑出去。可那个侍者在附近待了五分钟——仿佛有好几个月之久，帕里什用绝望的眼神注视着他，产生了老年疾病悄然向他袭来，头发渐渐变白的感觉。

---

① 芬尼，一马克的百分之一。

侍者终于移开了——在一张桌旁停下收钱，又移过去收另一笔钱，再移过去——帕里什恳求的眼神一直紧盯住他，心怦怦直跳，呼吸急促，既焦虑不安又心怀希望。

侍者又停下收钱，帕里什心想现在不走就走不成了！便起身朝门口走去。一——二——三——四——他快到门口了——五——他两腿发抖——后面有谁在追他吗？——想到这他心都紧了——六——七，他出来了——八——九——十——十一——十二——真的有人在追他！——他转过街角飞跑过来——一只手重重地落在肩上，他浑身都软了。

原来是少校。他什么也没问，一点不吃惊的样子，照常活泼轻快、兴高采烈地说：

“那些人真该死，他们迟迟不给我办，所以我才耽搁了这么久，票房的那个人是新去的，他不认识我，不给我换票，因为违反规定。所以我不得不费了好大劲找到老朋友，那个大人物——车站站长，你知道——嗨，嗨，出租车！出租车！——快跳进去，帕里什——俄国领事馆，车夫，让马儿飞跑起来！——所以如我说的，这一切需要时间，不过现在好了，一切都办妥了。你的行李又重新称过，重新检查过，车票、卧铺票也换了，我衣袋里还装着一些证件，还有找回的钱——我给你保管着。把马赶快些，赶快些，可别让它们睡着啦！”

马车急驰向前，离那家受骗上当的啤酒馆越来越远。可怜的帕里什极力想插一句嘴，现在才终于有了机会。他想立即回去把那点啤酒钱付了。

“哦，别把那事放在心上。”少校平静地说，“那没关系，他们认识我，每个人都认识我——下次我来柏林时会去结清的——快往前赶，车夫，快往前赶——没有多少时间了。”

他们赶到了俄国领事馆，急忙走进去，这时下班时间刚过，只剩下一个职员没走。少校把名片放到他桌上，用俄语说：“嗨，瞧，如果你能尽快为这个年轻人签发去彼得堡的护——”

“可是，亲爱的先生，我没权力，领事刚走。”

“去哪里了？”

“乡村，他住在那里。”

“但他会回来——”

“要明天早上。”

“见鬼！哦，你瞧，我是杰克逊少校——他认识我，人人都认识我。你就自己签准吧，告诉他是杰克逊少校让你签的，不会有问题。”

可这是严重违反规定的事，非同小可。职员怎么也不答应，想起这事他几乎昏过去。

“唔，那么，我告诉你怎么办吧，”少校说，“这儿是邮票和费用——明天早上签准护照，然后邮寄过去。”

职员半信半疑地说：“他——他也许会签的，所以——”

“也许？他愿意！他认识我——人人都认识我。”

“好吧，”职员说，“我会把你的话告诉他。”他显得迷惑不解，有些屈从的样子，又胆怯地补充道：“不过——不过——你得在国境线上熬过二十四小时，那儿没有任何招待设施可以让你们等这么久。”

“谁要等了？我不会——如果政府明白事理的话。”

职员一时惊呆了，说：“先生，你一定不希望把它寄到圣彼得堡去吧！”

“为什么不呢？”

“让护照的主人在二十五英里外的边境上停留？在那种环境

下不会对他有任何好处的。”

“停留——胡闹！谁说他会停留片刻？”

“唉，你当然知道，他如果没有护照会被拦在国境线上的。”

“他们的确不会！检查长认识我——人人都认识我。我会对这个年轻人负责的。你直接把护照寄到圣彼得堡去——寄‘欧洲旅馆杰克逊少校转’，并告诉领事别担心，一切风险由我承担。”

职员迟疑不决，然后冒险又提出了一个要求：

“你必须记住，先生，你这些风险现在变得异常严重了，因为新的法令已经生效。”

“什么法令？”

“凡无护照入俄国境内者，流放西伯利亚十年。”

“嗨——该死！”少校用英语说，因为人在感情十分激动时，用俄语表达是笨拙的。他沉思一会儿后又欢快起来，用俄语说：“哦，没关系——把它贴上寄圣彼得堡的票签，让它去飘吧！我会安排的。那儿的人都认识我——所有官方——每一个人。”

［三］

少校原来是一个极为可爱的旅行伴侣，年轻的帕里什对他入了迷。他的话如阳光和彩虹一般，让周围熠熠生辉，充满欢乐愉快的气氛。他一身都是与人方便的法子，对于事情怎么做，何时做，何为最佳办法，他无所不知。所以这个漫长的旅行对青年来说成了一个仙子般的美梦——在那许多个思家的日子里，他如此孤独凄凉，无亲无友。这两个旅行者终于临近国境，帕里什说起护照的事。然后他吃了一惊，好像想起什么，补充道：

“哎呀，想想看，我不记得你把我的护照从领事馆拿出来过。不过你是拿出来了的，是吗？”

“没有，护照将邮寄过来。”少校安慰说。

“邮——寄——过——来！”青年气吁吁地说。他曾听说过没有护照的游客到俄国后遇到的恐惧和灾难，自己也害怕起来，想到了一切可怕的事情，连嘴唇都发白了。“啊，少校——啊，天哪，我会遇到怎样的麻烦呀！你怎么能做出这样的事来？”

少校宽慰地把一只手放到青年肩上，说：

“瞧，你别担心，老弟，一点不用担心。我照管着你呢，不会让你受到任何伤害的。检查长认识我，我会向他解释，一切都没问题——你瞧着吧。你彻底放心好啦，我会毫不费力把一切安排好。”

帕里什哆嗦着，心里消沉极了，但他尽力不让痛苦流露出来，而是对少校好心的爱抚和宽慰表现出一些热心的样子。

到了边境，青年走出去站在一大群人边上，万分焦虑地等待着，而少校便从人群中挤过去要“向检查长解释”。他仿佛等了很久很久，少校终于回来了，仍然欢快地说，“该死，是个新的检查官，我不认识他！”

帕里什一下子靠在树干上，绝望地说了一句：“啊，哎呀，我早就该知道这事的！”然后两腿发软，无可奈何地倒在地上。但少校把他扶起来让他坐到一口箱子上面，自己坐在旁边，用一只胳膊抱着他，低声耳语道：

“别担心，小男孩，别担心——没事的，你相信我好啦。那个副检察官像西鲱一样近视。我观察了一阵子才知道的。现在我告诉你怎么办。我先过去把我的护照验了，然后就站在铁栏里面那些农民带着一包包东西的地方。你就去那儿，我再退到铁栏那里，把我的护照递给你，你跟着人群往前走，再把护照递上去检验，然后就听天由命了，听那个西鲱的命，主要是那个西鲱。你会渡过难关，平安无事的——现在别担心啦。”

“可是，哎呀，哎呀，我们两个一点都不像呀——”

“哦，没关系——这只是五十一和十九的区别——那个西鲱根本察觉不出来——你别发愁，一点问题也不会有。”

十分钟后，帕里什跟跄着朝列车走去，脸色苍白，精神崩溃，但他终于把那个西鲱蒙骗过去，像一个逃脱警察税款的家伙那样感激不尽。

“我说会没事嘛，”少校兴高采烈地说，“我就知道会没事的，只要你像个深信无疑的小孩一样相信上帝，而不要极力去改进他的意愿——事情总会办成的。”

在从国境线到圣彼得堡的途中，少校千方百计让他这位年轻朋友恢复神志，活跃起来，让他再次感到生活是一件令人高兴的事，值得活着，而不要老是闷闷不乐的。这样，小伙子便愉愉快快来到了圣彼得堡城，精神振奋地走进旅馆登记住宿。可服务员并不说房间的事，而是询问地打量他，等着。少校及时赶来救援，真诚地说：

“没关系，你认识我的，给他登记吧，由我负责。”服务员显得很严肃，摇摇头。少校又说：“没关系，护照二十四小时后就到——是邮寄过来的，这是我的护照，他的正在途中。”

服务员表现得非常礼貌，非常敬重，但就是毫不动摇。他用英语说：

“我真的希望能让你们住下，少校，如果可以的话，我当然会的。可我没有选择，必须让他离开。我一刻也不能让他在旅馆里待着。”

这时帕里什身子站不稳了，呻吟一声。少校赶紧把他抓着扶住，对服务员恳求道："好啦，你认识我的，人人都认识我——就让他住一晚上吧，我向你保证——"

服务员又摇摇头说：

"可是，少校，你会给我带来危险，给旅馆带来危险。我——我不喜欢做这样的事，但我——我必须叫警察了。"

"别，别叫，咱们走吧，老弟，你别担心——一切都会好的。嗨，嗨，马车夫！快上去，帕里什。去秘密警察局局长的邸宅——快把马放开，车夫！让它们走！让它们飞跑起来！现在我们走了，你一点不要担心啦。布什洛夫斯基局长大人认识我，和我非常熟，他很快会把事情给我们办妥的。"

他们飞快地穿过充满欢乐气氛的街道，来到警察局长的邸宅，这儿灯火辉煌。不过时值八点半，哨兵说局长要用晚餐了，不接待任何人。

"但他会接待我的，"少校坚定地说，递过名片，"我是杰克逊少校。把这个送去吧，会没问题的。"

名片被勉强送去了，少校就和他的流浪汉在接待室里等了一会儿。他们终于被叫去，领到一个豪华的秘密办公室，和局长见了面，他站在那儿，衣着华丽，像雷云一般皱着眉头。少校把情况告诉了他，恳求准予停留二十四小时，等护照寄来。

"哦，怎么可能！"局长用十分完美的英语说，"我真吃惊，少校，你竟然会做出如此愚蠢的事来，护照也没有就把这小子带到国内来了，我真吃惊。唉唉，西伯利亚流放十年，任何忙都帮不上——抓住他！把他扶起来！"因为可怜的帕里什又要倒在地板上了。"拿去——快，给他这个。喂——再喝一口。这是白兰地，不是吗，小伙子？现在你好些了，可怜的家伙。躺在沙发上。你太傻了，少校，把他弄到如此可怕的境地。”少校用他那双强有力的手臂小心把青年扶到沙发上，头下放上一个垫子，对他耳语道：

“尽量显出病得很重的样子！要拼命地装。你瞧，他已经动心了。他表面厉害，心肠可是软的。呻吟一声，说‘啊，妈妈呀，妈妈呀’，那必定会让他心软。”

无论如何，帕里什本能上要这样做，所以立即发出了呻吟声和叫喊声，非常真诚感人，以至于少校低声说：“太好了！再做一遍；连伯恩哈特[1]也做不到这么好。”

由于少校花言巧语和青年表现出痛苦的样子，他们终于如愿以偿，局长让了步，说：

“就照你们说的办吧，尽管该狠狠教训你们一下——你们本来就罪有应得。我只给你们二十四小时。如果到时护照没来，请别来找我，必须流放到西伯利亚去，休想得到宽恕。”

少校和青年感激不尽时，局长按铃叫来两个士兵，用俄语命令他们紧跟着这两个人，要在二十四小时内死死盯住小伙子。如果到时小伙子还出示不了护照，就把他关进圣彼得堡和圣保罗的地牢里，然后向他报告。

两个不幸的人在看守的护送下来到旅馆，在他们的眼皮底下吃饭。少校一直待在帕里什房间里，设法让他高兴起来，睡觉时才离开。这时一个士兵就把自己和帕里什锁在里面，另一个士兵用身子在外面横挡住门口，不久就睡着了。

但帕里什可睡不着。一旦只留下了他和那个一本正经的士兵，一旦房间里沉寂下来，他那机械的欢乐便开始消失，那药物般的勇气便开始退却，不能再将他支撑，而是恢复原状；他那可怜的小心

① 伯恩哈特（1844—1923），法国女演员，以音色优美，台词、声乐技巧及感情变化丰富著称。

肝也缩成一颗葡萄干一般。不到半小时，他的心情已沉到最低处，悲伤，痛苦，恐惧，绝望到了极点。上床？床可不是给他这种人用的，不是给注定完蛋的人用的！睡觉？他又不是希伯来人的孩子，怎么能在烈火中睡觉！他只能在地板上走来走去。不但只能，而且必须，并且以小时计算。他哀痛，哭泣，战栗，祈祷。

然后他万分悲伤地做最后的安排，尽他所能准备着面对命运。最后他写了一封信：

“亲爱的母亲，当你看到这些悲哀的字句时，你可怜的帕里什已不复存在了。不，比这还更糟，糟得多！由于我自己的过失和愚蠢，我落入了一个骗子或疯子的手里。我不知道他是哪种人，反正我是完蛋了。有时我认为他是一个骗子，但多数时候我认为他不过是一个疯子，因为我知道他有一颗善良仁慈的心，看来当然是在竭尽全力（没有谁比他更卖力了）让我摆脱他使我陷入的致命困境。

“再过几小时，我将像一只无名的牲口一样，在皮鞭的抽打下，和一大群人艰难地穿过俄国冰天雪地的荒漠，朝那片神秘痛苦、永被忘却的地方走去——西伯利亚！我不会活着去见它，我的心碎了，我将要死去。把我的照片给她吧，让她留作纪念，这样生活下去，在约定时间也许会和我在更美好的世界里见面——那儿没有婚姻，不提结婚的事，绝不会有分别，没有任何麻烦。把我的黄狗送给阿奇·黑尔，另一只送给亨利·泰勒。把我的运动衣送给威尔弟弟，还有渔具和《圣经》。

“我一点希望也没有了。我无法逃跑。那个士兵就握着枪站在一边，目不转睛地盯住我，只眨眨眼而已。此外他再没一点动静，和死了差不多。我又不能向他行贿，那个疯子把我的钱拿着。我的信用卡在箱子里，绝不会寄来了——我知道绝不会寄来了。唉，我的结果将会如何呢！为我祈祷吧，亲爱的妈妈，为你可怜的帕里什祈祷吧。可这有什么益处呢。”

［四］

次日少校一早来叫帕里什去吃早饭，他焦虑不堪地走出去，好像整个人都瘦了。他们也请士兵一同吃饭。点燃雪茄，少校又滔滔不绝讲起来。受着这种魔力的影响，帕里什渐渐不无感激地产生希望，明显快活起来，几乎又变得乐滋滋的了。

可他就是不愿出去。西伯利亚的阴影笼罩着他，威胁着他，他已全然没有了心思去游览观光——去逛街，参观美术馆，做礼拜，却一边跟着一个士兵，让世人们都停下注视、议论他，这样的耻辱他怎能容忍——不，他就待在屋里，等待柏林的邮件和他的命运。所以一整天豪侠的少校都陪他一起待在房间里，一个士兵呆若木鸡地靠在门上，肩上挂着一支步枪，另一个士兵则在外面的椅子上打盹儿。一整天那个忠诚的老兵都在讲一些战斗故事，描述战场上的情景，口若悬河地讲一些爆炸性的轶事，显示出了不可征服的活力、生气和坚定，使这个惊恐的学生始终能振作精神，富有生机。漫长的一天终于结束，两人在士兵的跟随下来到楼下的大餐厅就座用餐。

“很快就用不着担心了。”可怜的帕里什叹息道。这时有两个英国人走过去，其中一个说，“这么看来我们今晚不会有柏林来的信了。”

帕里什顿时呼吸急促起来。两个英国人在附近一张桌子旁坐下，一个又说：

“不，没那么糟糕。”帕里什的呼吸这才又缓和过来。“晚一些会有电报新闻的。这次事件的确让列车大大晚点，但仅此而已。列车晚三小时会到达这儿的。”

这次帕里什没跳起来，少校及时替他做了。少校一直倾听着，预见到将发生的事。他拍拍帕里什的背，把他从椅子上牵起来，欢快地说：

“咱们走吧，老弟，别垂头丧气的，你绝对用不着担心什么。我知道一种解决办法，让那个护照见鬼去吧。它想慢吞吞地走，就让它走一个星期好啦，我们不要它也能行。”

帕里什心里太难过，没听见他的话。希望没有了，西伯利亚就在眼前。他拖着铅似的两腿往前走，被少校扶着。少校要带他到美国公使馆去，一路鼓励他，并保证说只要他向公使一提出，公使就会毫不犹豫再颁发一个新护照。

“我心里一直就有这个打算，”他说，“公使认识我——对我很熟悉——在‘冷港’时我们一起住过很长时间，照管许多伤员。打那以后我们就成了好朋友，虽然难得见面。高兴起来吧，小伙子，一切都显得多么美好！开朗一些！啊呀！我真有天使那种洋洋得意的感觉。到啦，我们的麻烦也结束了——如果真遇到什么麻烦的话。”

瞧，在公使馆大门旁边便是从古至今最富有、最自由、最强大的共和国的标志：用松木做的盘形物，一只厚板做的老鹰展翅其上，头和肩位于一些星之中，鹰爪上抓满了过时的军需物资。帕里什一看见这标志就涌出眼泪，对国家的自豪感油然而生，他心潮起伏，一切恐惧和悲哀都荡然无存。因为他在这里安全了，安全了！世上所有的大国都不会贸然跨过这门槛来碰他！

为了勤俭节约，这个最强大的共和国设在欧洲的这个公使馆只有九楼上的一间半屋子，因为十楼已被占用。使馆配备有一位公使或大使，薪水和制动手的一样多。一位秘书，靠卖火柴和修补陶器维生。一个雇用的姑娘，从事翻译和一般公事。另有一些美国客机航线图，一幅现任总统的彩色石印图画，一张书桌，三把椅子，一盏油灯，一只猫，一口钟，一只印有这样题词的痰盂："我们相信上帝。"

两人爬上楼去，后面跟着卫兵。一个男人坐在书桌旁，用一支钉似的笔在包装纸上写着官方东西。他站起来转过身，猫爬下去钻到桌下。雇用的姑娘挤到伏特加酒罐旁边，以便空出地方。卫兵也挤过去靠墙和她并肩站着，扛起步枪。帕里什想到这下得救了，显得喜气洋洋。

少校和这个官员亲切握手，大方而流畅地讲述起自己的情况来，要求另签一个护照。

官员让客人们坐下，说："唔，你知道我只是使馆的秘书，公使还在俄国领土上时我可不愿意签发护照。那责任可非常重大呀。"

"好吧，就请他来一下。"

秘书笑了，说："做可没说的那么容易。他到野外什么地方度假去了。"

帕里什唉声叹气起来，脸上又没有了血色，精神又慢慢崩溃了。秘书惊讶地说：

"唉，你喊天做什么，少校？局长不是给了你二十四小时吗。你看看钟，没问题的，还有半小时，火车正点到达。护照会准时送来的。"

"老兄，有消息说火车要晚点三个小时！这小伙子的生命和自由正在一分分地消失，现在只剩三十分钟了！半小时后他和死了下地狱还有什么区别！上帝作证，我们必须得到护照！"

"啊，我要死了，我知道！"青年呜咽道，趴在书桌上双手捂住脸。秘书顿时起了变化，他不再平平静静的了，面部和两眼都显得兴奋起来，大声说道：

“我看出了你们可怕的处境，可是，老天保佑，我能做什么呢？你有什么建议？”

“唉，该死，给他护照呀！”

“不可能！完全不可能！你对他一无所知，三天前你还根本没听说过他，没有任何办法可以证明他的身份。他完了，完蛋了——根本不可能救他了！”

青年又呻吟起来，哭泣着说：“天啊，天啊，艾尔弗雷德·帕里什这下末日临头了！”

秘书又发生了变化。

青年表现出强烈的哀怜、苦恼和绝望，使秘书突然目瞪口呆，举止缓和下来，用一种人们在无话可说时谈起天气的那种满不在乎的声音问：“那就是你的名字吗？”

青年抽泣着说是。

“你是哪里人？”

“布里奇波特[1]。”

秘书摇摇头，再摇摇头，然后自个咕哝着。片刻后说：

“在那儿出生的吗？”

“不，在纽黑文[2]。”

“啊。”秘书说，看看少校。少校正聚精会神地听着，却显出茫然无知的表情，仿佛在说，“那儿有伏特加酒，卫兵们口渴了好喝。”他一下跳起来，给他们倒上酒，得到感激。询问继续着。

“你在纽黑文生活了多久？”

---

① 美国康涅狄格州西南部一港市。

② 美国康涅狄格州西南部一港市。

"一直到十四岁。两年前又回去上耶鲁大学。"

"你在那儿生活时住在哪条街？"

"帕克街。"

少校眼里露出似懂非懂的神情，用询问的眼光看了秘书一眼。秘书点点头，于是少校又倒了一些伏特加。

"门牌号？"

"没有。"

青年坐起身来忧郁地盯着秘书，好像在说："我现在已经够痛苦了，你干吗还要拿这些愚蠢可笑的事来折磨我？"

秘书对他的话不屑一顾，继续道："那是一座什么样的房子？"

"砖房——两层楼。"

"面临人行道吗？"

"不，前面是一个小院。"

"铁栅栏？"

"不，木栅栏。"

少校又开始自个儿倒伏特加——这次倒的是满杯。他的表情已经明朗，又有了生气。

"进门时看见什么？"

"一个狭小的门厅，门厅末端有一扇门，右边还有一扇门。"

"还有别的吗？"

"一排帽钩。"

"右边的房间呢？"

"是个客厅。"

"有地毯？"

"有。"

"哪种地毯？"

“老式的威尔顿机织绒头地毯。”

“有图案吗？”

“有——一些骑在马上带鹰打猎的人。”

少校看了一眼钟——只剩六分钟了！他拿着酒罐转过身，一边倒酒一边用询问的眼光看看秘书，又看看钟。秘书点点头，少校便用身子遮住钟一会儿，把指针往回拨了半小时，然后又给男人们倒酒——这次是双倍的量。

“门厅和帽钩那边是什么房间？”

“餐室。”

“炉子呢？”

“炉格的。”

“你们自己的房子吗？”

“对。”

“现在还是你们的？”

“不，我们搬到布里奇波特时就卖了。”

秘书停了片刻，又说：“你在伙伴们中间有过绰号吗？”

青年苍白的脸上慢慢泛出红晕，他垂下眼睛，似乎一时心里在斗争着，然后哀怨地说：“他们叫我南希小姐。”

秘书沉思片刻，又找到一个问题：

“餐室里有无装饰品？”

“唔，有——没有。”

“没有？什么也没有？”

“没有。”

“胡闹！这不是有点儿奇怪吗？想想看！”

青年想了又想，秘书气喘吁吁地等着。最后这个身陷危险中的流浪汉忧郁地抬起头摇摇。

“想想——想想！”少校焦急不安地叫道，又开始倒酒。

“快说呀！”秘书说，“连一张画也没有吗？”

“哦，当然有！可你说的是装饰品。”

“啊！你父亲认为那幅画怎么样？”

青年又泛出了红晕，不出声了。

“说呀。”秘书催道。

“快说。”少校叫道，手在发抖，倒在杯子外面的伏特加比倒在杯子里面的还多。

“我——我不能把他的话告诉你。”小伙子咕哝道。

“快！快！”秘书说，“快说出来，没时间浪费了——回家和自由或西伯利亚和死亡就取决于这个回答了。”

“啊，可怜可怜我吧！他是一个牧师，并且——”

“没关系，说出来，或——”

“他说那是他做的最坏的噩梦！”

“得救了！”秘书喊道，抓起他那钉子似的笔和一个空白护照。“我证明你的身份，我就曾住在那个房子里，并且那幅画是我自己画的！”

“啊，快让我拥抱你，可怜的孩子！”少校叫道，“我们要永远感激上帝，是他造就了这个艺术家——如果他真是如此。”

三万美元遗产

[一]

湖畔镇是一个拥有五六千人的舒适的小镇，也相当漂亮——美国西部地区的城镇均是如此。其教会提供的生活设施可容纳三万五千人，美国西部地区及其南部都是这样，因为这儿每个人都信仰宗教，每个新教教派都有其代表和设施。等级地位在湖畔镇是不为人知的，或无论如何是不被承认的。人人都相互认识，包括对方的狗，这里充满了一种亲切友好的气氛。

莎拉丁·福斯特是那家大商店的簿记员，也是湖畔镇干他这一行唯一收入高的人。他现在三十五岁，已在那家商店里工作十四年。从结婚那一周开始干起，当时年薪四百美元，之后四年里每年稳步上升一百美元，从此他的工资一直保持八百美元——这的确是一笔可观的数字，并且大家都承认他是受之无愧的。

他夫人伊莱克特拉是一个能干的伴侣，虽然也像他一样耽于梦想，私下里爱尝试点儿冒险的事。她结婚后做的第一件事——尽管她还是个孩子，才十九岁——便在镇边买了一英亩地，付了二十五美元现金，那是她的全部财产。莎拉丁还比她少十五美元呢。她在那块地上开辟了一个菜园，请隔壁邻居去种植，双方分摊盈亏，结果一年就全部收回成本。从莎拉丁第一年的工资中她拿出三十美元存入储蓄银行，第二年拿出六十美元，第三年拿出一百美元，第四年拿出一百五十美元。那时他的年薪升到八百美元，同时家里添了两个孩子，使费用增加，但从那时起她仍然从工资中每年拿出两百美元存入银行。结婚七年后，她花了两千美元在一英亩菜园中间修建了一座漂亮、舒适的房子，购齐家具（一半付现金），一家人搬了进去。七年后，她还清债务，另外还拿出几百美元去赚钱。

她是靠地产的增值赚钱的，因为她早就又买了一两英亩地，并把其中大部分卖出赚到一些钱。她与愿在这儿修房的人很谈得来，他们将成为好邻居，同她和她不断扩大的家庭建立起一种广泛的友谊。她每年大约拿出一百美元用于可靠的投资，从中获取一份足以过上温饱生活的收入。她的孩子们不断长大，样子也越来越漂亮。她是一个幸福快乐的女人，为孩子们快乐，为丈夫快乐，丈夫和孩子们也为她快乐。本故事便在此时发生了。

最小的女孩叫克莱特门斯特拉，简称克莱特，十一岁。她姐姐格温德琳，简称格温，十三岁，她们都长得漂亮标致。她们的名字流露出父母血统里潜在的浪漫色彩，而父母的名字又显示这色彩是一种遗传。这是一个相亲相爱的家庭，一家四口人都有小名。莎拉丁的小名是萨利，十分奇特，属于中性。伊莱克特拉的也同样如此——亚历克。一整天，萨利都认真勤恳地工作，又记账又卖货。亚历克一整天都认真忠实地履行着母亲和主妇的职责，并且精明周到地做些买卖。但到了晚上他们便待在舒适的起居室，把白天那单调乏味的世界搁在一边，置身于另一个更美好的世界，相互读些浪漫故事，想象着在光彩夺目、热闹非凡、壮丽宏伟的宫殿和可怖古老的城堡里，与一些国王、王子和高贵的君主、太太们交着朋友。

[二]

这时传来非同一般的消息！令人震惊的消息——事实上是令人高兴的消息。消息来自于邻近一个州，这个家庭唯一在世的亲戚生活在那儿。是萨利一方的亲戚——某个不太确定的叔叔，或第二、第三个表兄，名叫蒂尔伯雷·福斯特，七十岁，单身汉，名声不错，但相对地脾气也乖戾，易发怒。过去萨利曾写信去力求同他和好，以后再没犯过那种错误。现在蒂尔伯雷给萨利写来一封信，说他活不了多久了，将给他留下三万美元的现款。这倒不是出于爱心，而是因为钱给他带来许多麻烦和苦恼，他衷心希望把它们留下来继续作恶。这笔遗产将写在他的遗嘱里，并届时付给，“假如萨利能向指定的遗嘱执行人证明，他无论从言语还是信件方面都未对这礼物有任何注意，未对垂死的人走向永久终点的经过作任何了解，并且未参加其葬礼。”

这封信让亚历克激动万分，她刚恢复一些镇静就给亲戚寄去一封信，并订阅了当地的报纸。

此时夫妻俩已严肃做出商定，亲戚在世时决不向任何人提说这个不凡的消息，以免某个无知的人把这事带到临死者床前，加以歪曲，让亲戚觉得他们很感激这份遗产却不听他的吩咐——这与面对禁令却四处供认发表毫无区别。

这天剩下的时间萨利把他的书籍弄得乱七八糟，亚历克也不能专心做事，甚至每当拿起一个花盆、一本书或一根木棍，都会忘记拿它们是做什么用的。因为两人都处在梦想之中。

“三万美元！”

一整天这几个令人鼓舞的字都悦耳地回荡在他们的脑海里。

亚历克从结婚那天起就一直很节俭，萨利几乎不知道把一角钱花在不必需的东西上有什么好处。

“三万美元！”这几个字还在悦耳地唱着。一笔巨款，一笔难以想象的巨款！

一整天亚历克都专心致志计划着如何用这笔钱去投资，而萨利却计划着如何去花费。

那晚上根本没读浪漫故事了。孩子们早早离开，因为父母都沉默寡言，心神错乱，异常没趣。她们和父母道晚安亲吻时，父母毫无反应，等于没吻。父母一点不知道孩子在吻他们，等她们走了一小时才发觉孩子已不在。这期间两支铅笔都在忙着，作记录，定计划。最后萨利打破沉默，不无狂喜地说：

“啊，这将太美妙了，亚历克！咱们先拿一千美元夏天买一匹马和一辆轻便马车，冬天买一个轻便雪橇和一张盖在膝上保暖用的毛皮毯。”

亚历克坚决而沉着地回答道：

“从本金里拿出？那绝对不行。即使是一百万美元本金也不行！”

萨利大失所望，脸上顿时没有了光彩。

“啊，亚历克！”他责备说，“我们那么卖力，却并不富裕。现在我们有钱了，好像——”

他没说完，因为看见她的眼神温和下来，他的恳求感动了她。她温柔地说服他道：

“我们绝不能花掉本金，亲爱的，那不明智。我们可以从本金的收入中——”

“那就行了，那就行了，亚历克！你多么可爱、善良！如果咱们可以花那些钱的话，那也会是一笔不小的收入——”

“不能全部花，亲爱的，不能全部花，只能花其中一部分，就是说适当的一部分。但所有的本金——每一分钱——都必须正确用于投资，绝不动摇。你明白其中的道理了吗？”

“唉，明——白，当然明白，可我们得等很长时间。要等半年才能第一次有利润。”

“不错——或许更长。”

“更长，亚历克？为什么？他们不是半年付一次吗？”

“那种投资是，不过我可不那样做。”

“你想怎样做呢？”

“想获取巨大利润。”

“巨大利润。那很好。说下去，亚历克，怎么投资？”

“投资到煤炭、新矿和烛煤上去。我打算投资一万美元，那样就享有优先权的资格入股，等我们组织起来后，就可以占有三倍于本金的股份。”

“天啦，听起来真不错，亚历克！那时股份就会值——多少？啥时领？”

“大约一年后。他们半年付百分之十，一共付三万美元。我全都清楚，这张辛辛那提市[①]的报纸上登着广告。”

“老天爷，投资一万美元就可得到三万美元——并且只需一年！咱们把本金全部投进去吧，那样就可得到九万美元！我马上写信去认购股份——明天也许太迟了。”

他朝写字台冲去，但亚历克拦住他，让他回到椅子上坐下，说：

“你别太昏了头。我们要得到钱后才能认购，你不明白吗？”

萨利的兴奋劲儿一下减少了，但尚未完全平息下来。

“唉，亚历克，咱们会得到的，你知道——并且很快了。也

① 美国俄亥俄州的一个城市，位于该州西南部，它是该州汉弥尔顿县的县府。

许在这之前他已经摆脱任何烦恼了，就在此刻他百分之百正在为下地狱做准备呢。瞧，我想——”

亚历克不寒而栗，说：

“你怎么能那样呢，萨利！别那样说，那完全是在诽谤别人。”

“唔，如果你愿意，就让它成为一个理想的光辉吧，我才不关心他穿什么寿衣呢，我只是说说罢了。难道你不让一个人说话吗？”

“可你为什么要说得那样可怕？假如你尸骨未寒时人们就这样谈论你，你会怎么想？”

“我觉得那是一刻也不可能的事——如果我临终的行为是把钱拿去给某人造成伤害。不过别管蒂伯雷了，亚历克，咱们还是谈点实际的事吧。我真的觉得应该把三万美元全部投到煤矿上去。你为什么反对呢？”

“好吧，既然你这样说。另外两万美元怎么办？你打算拿它们做什么？”

“不用着急，我要先了解一下，再采取措施。”

“好吧，既然你已决定了。”萨利叹口气。他沉思片刻，说：

“一年后那一万美元将会赚到两万美元利润。咱们可以花那笔赚的钱吧，亚历克？”

亚历克摇摇头。

“不行，亲爱的，”她说，“要等我们分到第一个半年的红利后，股票才能卖得很高。你可以花一部分那些红利。”

“什么，就那么一点——并且要等一年！该死，我——”

“哦，必须耐心点！也许甚至三个月后就会公告股利支付——这是非常可能的事。”

“啊，太让人高兴了！啊，谢谢！”说罢萨利跳起来满怀感激地吻太太。“那就是三千美元，整整三千美元！咱们可以花多少呢，亚历克？大方些吧，一定大方些，亲爱的，我的好人儿。”

亚历克很高兴，高兴得经不住丈夫的催逼答应拿出一笔钱——她的判断告诉她那是一种愚蠢的铺张浪费——一千美元。萨利接连吻了她六次，即便如此还不能表达他所有的欢乐和感激。这种表示感激和钟爱的新法子使亚历克变得毫不审慎，没来得及克制自己便向亲爱的人另外许诺了一笔款——现在遗产还剩两万美元，她打算一年内用它赚回五六万，从中拿出两千让他去花。萨利眼里涌出了幸福的泪水，说：

“啊，我真想拥抱你！”然后他拥抱了她，并拿出记的东西坐下，开始划出他首先想买、想得到的奢侈品。“比如说，亚历克——马、轻便马车、雪橇、保暖毯、漆皮鞋、狗、硬礼帽、教堂包厢、烟斗管、新牙——”

“什么？”

“你在计算吗？好的。那两万美元投资没有？”

“没有，不用着急，我得先了解一下，再考虑考虑。”

“可你心里在计算来着。怎么想的？”

“唔，我得把煤炭上赚的三万美元派上用场，对吧？”

“天呀，你真聪明！我可一点没想到。你考虑得怎么样了？想到哪里了？”

“不太远——就两三年内的事。我已把钱翻了两番，一次在石油上，一次在小麦上。”

“哦，亚历克，太好了！钱增加了多少？”

“我想——唔，可靠点说大约净赚十八万美元了，尽管或许更多。”

“哎呀！这不是太美妙了吗？老天爷，费了那么多劲我们的运气终于来了。亚历克！”

“什么？”

“我要拿出整整三百美元给教士们——咱们有什么真正权利要在乎费用呢！”

“你这是再高尚不过的事了，亲爱的，这正像你那慷慨大方的天性，你这个无私的家伙。”

萨利被赞扬得高兴万分，可他非常公正合理地说该受称赞的是亚历克而不是他，因为如果不是她，他是绝不会得到那些钱的。

然后他们上床睡觉了，在极度的狂喜之中忘记吹灭客厅里的蜡烛，直到脱去衣服才记起来。萨利说，就让它燃着吧，即便是一千只蜡烛他们也付得起。但亚历克仍然下床去把它吹灭了。

这还是一件美好的事呢，因为她转来时突然想到一个计划，可以让那十八万美元到手不久就翻到五十万美元。

［三］

亚历克订的那张小报是星期四的，从蒂伯雷的镇上寄来有五百英里远，所以要星期六才能送到。蒂伯雷的信星期五寄出，要让这位恩人去世的消息登在那周的一期里晚了一天多，不过下一期登载却是有足够时间联系的。这样夫妇俩几乎不得不等待整整一周，才知道他那里是否发生了令人满意的事。这一周太长、太长了，夫妇俩万分紧张，如果不是精神上得到有益的转移和安慰，他们简直无法忍受。我们已看到他们的心有了寄托。太太在不断聚集财富，丈夫在花费着——至少把太太让他花的全部用光。

星期六终于到来，《萨加莫周报》也寄到了。埃弗斯利·贝内特夫人也在场，她是长老会牧师的妻子，当时正说服福斯特夫妇参加一个慈善团体。这时谈话突然停止——是福斯特夫人闭口不言了。贝内特很快发现主人根本没听她说一个字，所以她站起身，惊异而气愤地走了。她刚一离开这个家，亚历克就迫不及待撕开邮件包装取出报纸，和萨利一起扫视着死亡通告栏，结果大失所望！报上根本没提到蒂伯雷的事。亚历克从小就是一个基督教徒，所以职责和习惯势力要求她必须装装样子。于是她打起精神，虔诚地怀着百分之二的职业快乐，说：

“让咱们老老实实为他幸免一死表示感激吧——”

“他这个奸诈的厚脸皮该死，我真希望——”

“萨利！可耻！”

“我不在乎！”萨利气愤反驳道，“你也是这么想的，如果你不是怀着如此邪恶的虔诚你也会诚实，会这样说的。”

亚历克的尊严受到了伤害，她说：

“我不明白你怎么会说出这些不仁不义的事来。哪有什么邪恶的虔诚呢！”

萨利感到非常痛苦，并换一种形式极力搪塞过去，以便把痛苦隐瞒起来——好像改变形式而又保留内在实质可以欺骗内行，使其误认为他在极力抚慰。他说：

“我并没有那么恶劣的意思，亚历克。我真不是指的邪恶的虔诚，不过指——唔，传统的虔诚，你知道。嗯，本行的虔诚，那种，那种——唉，你明白我的意思。亚历克——那种，那种，唔，你本来拿出的是镀金东西，却只把它当作固体，你知道，但你并无任何不好的用意，只是出于职业习惯，古老的行为，僵化的习俗，忠心于——于——该死，我不知道说什么好，但你明白我的意思，亚历克，那是没有任何恶意的。我再说一下。你瞧，是这样的，假如一个人——”

“你已经说得够多了，”亚历克冷淡地说，“咱们别再说这个话题了吧。”

“好的。”萨利热情地回答，擦去额上的汗水，表现出难以形容的感激之情。然后他若有所思地在心里抱歉道：“我当然拿着了几张3点牌——我知道——但我抽了牌却没凑成一组同花。我玩牌很差劲。如果我不再补新牌——可我没有。我从来就没有。我弄不太明白。”

他确定无疑被打败了，于是变得非常顺从、温和。亚历克用眼睛表示原谅了他。

那个重大的兴趣，至高无上的兴趣，立即又越居首位。任何东西都无法使它躲在背后很长时间。夫妇俩对没登出蒂伯雷死亡通告的事迷惑不解，从各个方面进行了讨论，或多或少怀着希望，但他们还得从哪里开始在哪里结束，承认之所以没登出死亡通告，唯一真正合理的解释无疑是——蒂伯雷还没有死。这让他们有点忧郁，甚至还感到有点不公平，但事已如此，不得不忍受。这方面他们的意见是一致的。萨利觉得这是一个奇特而不可思议的天命，不可思议得非同寻常，他想：事实上在他的记忆中，这种不可思议的事是最没必要的一个——他有些激动地说出了这种看法。可是如果他想把亚历克拉过去是做不到的。如果她有自己的看法，就会保留，而不习惯在任何市场上作不明智的冒险——无论是世间的市场还是别的什么。

这对夫妇必须等待下周的报纸——蒂伯雷的死显然推迟了。这就是他们的想法和决定。然后他们把这话题搁在一边，又尽可能高高兴兴干自己的事去了。

瞧，如果他们早知道的话，可一直就冤枉蒂伯雷了。蒂伯雷是守信的，不折不扣地守了信的。他也死了，按照预定时间去世了。此时他已过世四天多，不是什么新鲜事。他完完全全死了，实实在在死了，像公墓里每一个新添的死者一样。他的死讯也有充分时间登在那周的《萨加莫周报》上，只是因为一件偶然的事被取消，这件偶然的事就一份大都市的杂志而言是不会发生的，但像“萨加莫”这样一份可怜的乡村小报就很容易出现了。这一次，正当社论一页的铅字装版时，“赫斯特特尔女士-先生冷饮店”免费送来了一夸脱[1]草莓冰糕，因此那排好的满满一盘活字——关于蒂伯雷肉体升天的相当冷淡的遗憾之词——便被挤了出去，以便给编者留出位置发表他极大的感激之词。

蒂伯雷的死亡通告在排成固定活版盘时被撤销，否则就排在了下一版里，因为《萨加莫周报》不浪费已排好铅字待用的稿子。在他们的活版盘里已排好的铅字便成为“不朽”，除非偶然因故被撤销。活版盘的稿子一旦被撤销就完蛋了，不可能重排，因此它在这份报上永远失去了问世的机会。所以不管蒂伯雷喜欢不喜欢，让他在坟墓里骂个够吧，没关系——反正《萨加莫周报》绝不会报道他死亡的消息了。

［四］

冗长乏味的五个星期慢慢过去。《萨加莫周报》每周星期六

① 夸脱，是个容量单位，主要在英国、美国及爱尔兰使用。1夸脱在英国和美国代表的是不同的容量。而美国更有两种夸脱：干量夸脱及湿量夸脱。

都按时送到，但一次也没提到蒂伯雷·福斯特的事。此时萨利已忍无可忍，含恨地说：

“见鬼，他永远不会死啦！”

亚历克狠狠责备他一下，又冷漠、严肃地说：

“假如你说了那些可怕的话后突然被剥夺继承权，你会有什么感受呢？”

萨利没好好考虑一下就回答道：

“我会觉得自己没卷进这件遗产的事真幸运。”

为了面子他不得不说点什么，但一时又想不到合理的事可说，于是一言不发。然后如他所说，他悄悄地移动据点——即从她身边溜走，以免在太太谈话的粉碎机里被捣碎。

半年过去了。《萨加莫周报》对蒂伯雷仍然只字未提。同时，萨利几次试探过她的反应——就是说他想知道某种暗示。可亚历克置之不顾，因此萨利决定振作起来，冒险采取一次正面进攻。他断然提出把自己伪装起来，到蒂伯雷的村庄去秘密了解一下情况。但亚历克坚决果断地反对这个危险的计划，说：

“你打的什么主意？总给我找些麻烦！你就像个小孩一样必须老看着，以免掉到火坑里。你哪儿也别去好啦！”

“唉，亚历克，我能够办到又不会被发现——我对此有把握。”

“萨利·福斯特，难道你不明白你得四处去了解吗？”

“当然，可那又怎么样呢？任何人都不会怀疑我是谁。”

“啊，听听这家伙！有一天你得向遗嘱执行人证明自己从没调查过，那时怎么办？”

他忘记了这个细节。他没有回答，也没什么可说的。亚历克又说：

“好啦，现在抛开那种念头吧，别再胡闹了。那是蒂伯雷给你设下的圈套，你还不知道吗？他正时刻注视着你，满心期望你瞎闯进去。唔，他会失望的——至少有我在的时候。萨利！”

“什么？”

“只要你活着，哪怕活到一百岁，你都不要去作任何调查。答应我！”

“好吧。”他叹口气，不情愿地说。

这时亚历克温和起来，说：

“你要耐心一些。我们一天比一天好呀，可以等下去，根本不用急。咱们的收入虽然不多但是可靠，一直在增加。至于期货交易，我还没出一次差错——它的金额在成千上万地上升。这个国家还没有哪一家人有我们这么好的前景。我们的财富终于开始滚滚而来了。你明白吧？”

“明白，亚历克，当然是这样。”

“那么感谢上帝正为我们做的事吧，别再焦虑了。你一定要相信，没有上帝的特别帮助和引导，我们不可能有这些巨大收获，对吧？”

“是——的，我相信。”他迟疑地回答，然后怀着激动、钦佩的心情说，“可是，当你要采取明智措施使股额增加，或者设法在华尔街发财时，我可不认为你需要任何外来的业余帮助，如果我真希望——”

“唔，住嘴！我知道你并没有什么恶意或不敬的意思，可怜的家伙，但你好像一张嘴就要说些让人不寒而栗的话来。你总让我为你和全家人担惊受怕。以前我是一点不怕打雷的，可现在一听到它就——”

她声音变了，开始不停地哭起来。看到这副情景，萨利万分不安，把她抱在怀里，抚摸她，安慰她，答应表现好一些，并责备自己，懊悔地恳求她原谅。他是真心诚意的，为自己的行为遗憾，愿意做出任何牺牲来弥补。

所以他私下对此事做了长久而深刻的思考，决心采取似乎是最佳的行动。答应改过并不难，事实上他已经答应了。可是这会有什么真正的好处，永久的好处吗？没有，那不过是暂时的——他知道自己的弱点，并悲伤地在心里承认——他无法遵守诺言。

他得想出更确定、更完美的办法，并且他想出来了。他花去长期以来一先令一先令存下的宝贵金钱，为房子安装了一根避雷针。

随后他又陷入沉默之中。

习惯能创造出怎样的奇迹啊！习惯多么迅速，多么容易就会养成——无论是微不足道的小习惯，还是使我们深受改变的大习惯。假如我们偶然连续几夜清晨两点钟就醒了，必然会感到不安，因为此事再出现一次就会成为习惯。假如我们一个月都无所顾忌地喝威士忌酒——不过这些普通平凡的事情我们大家都明白。

人们空想的习惯，白日做梦的习惯，是怎样养成的啊！它给人以极大的欢乐，我们一有空闲就奔向它迷人的怀抱，深深沉迷于它们，让我们的灵魂沉浸于其中，使自己陶醉于它们娱人的幻想——啊，是的，我们梦中的生活与实际的生活多么迅速、多么容易融合在一起，融合得再也难以分清。

不久以后，亚历克订了一份《芝加哥日报》和《华尔街指南》。她只注意金融方面的事，一个星期都孜孜不倦地研读它们，像研读她的《圣经星期日报》一样。萨利对她钦佩不已，注意到无论在实际的市场还是心中的市场，她预见和经营债券的才华和判断力都发展进步得多么迅速、可靠。他为她在经营股票方面表现出的果断大胆而自豪，正如为她在从事心中的交易方面表现出的稳健谨慎感到自豪一样。他注意到无论在哪种情况下她都保持头脑清醒，虽然在世间的期货交易中常常出现短缺，但她有着极大的勇气，就此打住——她在内心的期货交易中总是做多头。正如她向他解释的那样，她的策略相当明智简单：她投到世间期货交易上的钱是为了投机，而投到心中期货交易上的钱是为了投资。她愿意一方面拿出部分保留本金去冒险投机，但另一方面让其余本金“不可动用”，既希望投入一美元即赚回一百美分，又希望把其余的股本转入账内不予动用。

培养亚历克和萨利的想象，只不过用了很少几个月时间。每天的训练都要使这两个如机器般的人产生一些差距和效力。因此，亚历克在想象中赚的钱比她最初所梦想的要快得多，而萨利花钱的权限与她所规定的数额是同步发展的。当初亚历克计划在煤炭投机上用十二个月实现利润，不愿承认这个期限可以缩短到九个月。不过那是在金融幻想上软弱无力的工作，保育护理的工作，没有教学，没有经验，没有实践——不过这些帮助随后就有了，随着九个月过去那想象的一万美元投资背回了百分之三百的利润！

这是福斯特夫妇极不平凡的一天。他们高兴得无法用言语表达。另有一个原因使他俩无法表达：经过对市场的仔细观察之后，亚历克最近怀着担忧和焦虑，第一次尝试动用了“保留本金”，把余下的两万美元遗产拿去冒险投机了。她心目中已看到这笔钱在一点点上升——这期间股市一直存在着下跌的可能，最后她焦虑得忍无可忍了——因为她用本金做生意还不算老手，心肠又软——所以她发出一封想象的电报，给想象的经纪人发了一个想象的指令让他把股票卖了。她说四万美元的利润已经足够。股票正好在煤炭生意硕果累累的那天卖出的。如我所说，夫妇俩无法用言语表达他们的心情。那晚他们茫然而狂喜地坐着，极力明白这个重大无比的事实，这个压倒一切的事实——他们实际上已拥有了整整十万美元想象的现金。的确如此。

这也是亚历克最后一次为投资本金的事担心，至少担心得睡不好觉，脸色发白——在这方面第一次经历此事都会达到这种程度。

这的确是一个值得纪念的夜晚，他们已成为富人的意识渐渐安然牢固地深入到心灵之中，然后夫妇俩开始为金钱派用场了。假如我们透过这两个梦想家的眼睛密切注意，就会发现他们整洁的小木屋消失了，取而代之的是一座两层楼的砖房，前面围着铸铁栅栏；就会发现从客厅的天花板上吊下来一个三球形煤气枝形吊灯；就会发现简朴的破地毯变成了一点五美元一码的高贵的布鲁塞尔[①]毛圈地毯；就会发现粗俗的壁炉已消失，取而代之的是安装有白云母窗的精美的自动加料火炉，令人惊叹。我们还会发现其他东西，比如轻便马车、盖膝用的毯子、丝绒礼帽，等等。

打那以后，虽然在女儿和邻居们眼里这个家仍然是过去的木房，但在亚历克和萨利眼里却已成了两层楼的砖房。亚历克没有一晚上不为想象中的煤气账单着急，而总是从萨利满不在乎的回答中得到莫大安慰："那又怎么样呢？我们付得起呀。"

夫妇俩就在成为富人的第一个晚上，决定一定要庆祝一下。他们想到一定得搞个聚会。可怎样向女儿和邻居们解释呢？不能让别人知道他们现在有钱了。萨利想这样做，甚至迫不及待，不过亚历克保持头脑镇静，不允许。她说虽然钱几乎到手了，但不妨等等，直到真正到手为止。她坚持这一观点，毫不动摇。必须保守这个巨大的秘密，她说——不让女儿和其他任何人知道。

夫妇俩迷惑了。他们必须庆祝，决心庆祝，可既然得保守秘

---

① 比利时首都。

密，他们庆祝什么呢？三个月内谁的生日也没有。蒂伯雷又无法利用，显然他将永远活下去了。他们可以庆祝国家的什么呢？萨利就这么说的，他也变得不耐烦了，苦恼不安。但他终于想到了办法，好像完全产生于灵感似的，于是他们所有的苦恼顿时化为乌有——他们将庆祝美洲的发现。一个绝妙的主意！

亚历克几乎为萨利自豪得难以形容，说她一点儿也没想到这个主意。可萨利虽然受到赞扬欣喜若狂，为自己感到惊讶万分，但他极力不表露出来，而是说这真的没什么，任何人都会想到的。这时亚历克自豪而欢快地把头一摇，说：

“唔，当然！任何人都会想到——唔，任何人！比如说霍桑纳·迪金斯！或者阿德尔伯特·皮纳特——唔，哎呀，不错！唉，我倒想看他们试试，就这些。哎呀，萨利，即使他们想到去发现一个四十英亩的岛我也是无法相信的，至于说发现整个大陆，唉，萨利·福斯特，你非常明白，即便他们绞尽脑汁，使出浑身解数也办不到！”

可爱的女人这才知道他有才能。假如她因为爱情有点过高地估计了他的才能，那么这错误也是甜蜜而温柔的，并且因此是可以原谅的。

［五］

庆祝活动十分成功。年轻的和年老的朋友们全都到了，年轻朋友当中有弗洛西和格雷西·皮纳特，以及他们的弟弟阿德尔伯特，他是一个年轻有为的白铁工，还有小霍桑纳·迪金斯，一个学徒期刚满的泥工。好多个月来，阿德尔伯特和霍桑纳就一直对格温和克莱特感兴趣，其父母也注意到这点，暗自高兴。但父母现在忽然意识到这种感觉没有了，看出他们经济条件的变化在两个女儿和年轻的技工之间竖起了一个社会障碍。女儿们现在眼光可以更高一些了，而且必须如此。是的，必须如此。她们绝不应该嫁给社会地位在律师或商人之下的人。父母会关照这一点的，绝不能有不相称的婚姻。

然而，这些想法和计划都是隐秘的，并没有表露出来，所以没给庆祝活动蒙上一层阴影。人们都显出宁静安详、十分满意的样子，举止端庄认真，不得不对夫妇俩表示钦佩和惊讶。大家都注意到这点，都在议论着，但谁也猜不出其中的秘密。这是一件神秘的奇事。有几个人评说着，却猜想不出他们在搞些什么精明的事。

“好像他们发财了。”

事实也的确如此。

大多数母亲会按照普通的老办法处理这样的婚事，严肃直率地找姑娘谈话，意在打消其念头。她们含着眼泪，暗自表示反对，甚至要求年轻的技工们不要再献殷勤了，从而了结此事。可这位母亲不同。她注重实际，对两个小伙子只字未提，除了萨利也没对任何人说起。他听她说话，心领神会，而且表示钦佩，说：

“我懂了。你不挑剔展出样品的毛病，那样会毫无必要地伤害感情，阻碍交易；而只是为资金提供一个更好的商品，任其自然发展。这真明智，亚历克，非常明智，如坚果一般完好。谁是你看中的家伙？向他提出来了吗？”

不，她还没有。他们得仔细观察一下市场——也这样做了。开始他们考虑，谈到了年轻有为的律师布雷迪什和年轻有为的牙医富尔顿。萨利得请他们吃一顿饭，但不是马上，亚历克说根本不用着急，只需时刻注意他们俩，耐心等待，如此重要的一件事进行缓慢点不会损失什么。

事实也证明这是明智的，因为三周内亚历克便意外地走运，使她想象中的十万美元增加到四十万美元。那晚她和萨利都飘然如身居云中，晚餐第一次喝了香槟酒。不是真的香槟，但确实想象了不少。是萨利这么做的，亚历克无力地顺从了他。夫妇俩实际上都感到苦恼、可耻，因为他是一个重要的“戒酒者”，即便在葬礼上穿着工作裙谁也会对他不屑一顾，全不把他的理由、看法放在心上。而她是基督教妇女禁酒联合会的一名会员，具有确定无疑的美德和对邪恶不可容忍的神圣品格。可事已如此，骄傲的财富开始产生了瓦解作用。他们活着再一次证明了一个已被世人证实无数次的悲哀事实：虽然道义原则伟大而崇高，对于浮华堕落的虚荣和邪恶给予了反击，但贫穷困苦的力量却强大的多。净赚四十多万美元啊！他们又考虑起女儿婚姻的事。谁也没提到牙医或律师，完全没这个必要，那两个年轻人已经落选了，没资格了。他们谈起猪肉包装商和镇银行老板的儿子。但最后他们仍然和先前一样，决定先等一下，考虑一下，做到谨慎平稳一些。

他们的运气再一次降临。亚历克一直都很机警，她看见一个冒险的大好机会，于是大胆进行了一次投机。接着便是担忧、怀疑和极度不安，没有这些成功便毫无价值，意味着绝对的毁灭。然后终于有了成果，亚历克高兴得昏了头，说话时几乎声音都变了：

“现在不用担忧啦，萨利——我们拥有了整整一百万美元！”

萨利感激得哭泣起来，说：

“啊，亚历克，可贵的女人，我亲爱的人儿，我们终于有钱了，财源滚滚而来了，再也用不着吝啬了。这不是太美妙了吗！”他倒出一品脱云杉酒，豁出去了，说：“让这点费用见鬼去吧。”她用责备但湿润、快活的眼睛轻轻责怪他。

他们把猪肉包装商和银行老板的儿子暂时搁在一边，坐下考虑起州长和国会议员的儿子来。

［六］

从现在起萨利想象的财源迅速增加，要详细了解是会令人生厌的。它简直如奇迹一般，令人眼花缭乱。所有东西一经亚历克之手便会成为想象中的金子，熠熠闪光，堆积如山。数以百万的金钱滚滚而来，如巨大的洪流般隆隆地奔腾不息，越积越多。五百万——一千万——两千万——三千万——难道永不终止吗？

福斯特夫妇陶醉了，他们就这样极度兴奋地度过了两年，简直没注意到时间在飞逝。如今他们已拥有三亿美元，因此国内每个庞大集团的董事会都有他们的位置。随着时间流逝，成百万的金钱还在不断堆积，一次增加五百万，一千万，几乎能数多快就增加多快。三亿美元翻一番——再翻一番——又再翻一番。

此时已达到二十四亿美元了！

生意变得有点儿混乱起来。必须对股额进行登记入账，彻底清理。夫妇俩明白这一点，感觉到这一点，知道这是迫在眉睫的事。但他们也明白要把此事办得很好，必须一干到底，不能中断。可他们忙得不可开交，哪里去抽十个小时的空闲呢？萨利一整天都在卖些小东西、糖块和印花布，天天如此。亚历克一整天都在煮饭、洗碗、扫地和理床，也天天如此，无人帮助，因为他们为了让女儿进入上流社会不让她们做这些事。夫妇俩知道有一个办法——只有一个办法——可以得到十个小时。但两人羞于提出来，都在等着对方说。最后萨利发话了：

“总得有人让步呀。我来说吧，就当作是我说的吧——我一点不在乎把它大声说出来。”

亚历克脸红了，不过很感激。他们不再说什么，而是堕落下去，堕落下去——不守安息日了[1]。因为只有这天他们才有十个小时的空闲。这只是他们堕落下去的又一步，接着还会一步步堕落下去。对不惯于拥有巨额财富的人而言，其道德结构必然会因为受到它们的诱惑而遭到致命的破坏。

他们毫无掩饰地不守安息日了，勤奋耐心地审查着自己的财产，登记入册，其名目繁多，数不胜数！先是铁路系统、轮船行业、标准石油、海底电缆、普通电报，等等，最后以贵重矿藏、戴比尔斯[2]、坦慕尼弯口铁铲和邮电部门的秘密特许项目结束。

一共二十四亿美元，全都安全投入到美好的事业上，并且是金边股票[3]，有利可图。年收入十二亿美元。亚历克温柔而高兴地发出了长长的喃喃声，说：

“够了吗？”

“够了，亚历克。”

“咱们下一步怎么办？”

“就保持这样了。”

“不做买卖了吗？”

“是的。”

“我同意。好事已办完了，咱们好好休息一下，该享受金钱了。”

“是呀！亚历克！”

---

① 指在安息日工作。基督教徒的安息日在星期日。

② 世界钻石业的跨国公司，一条龙主宰了全球四成的钻石开采和贸易。

③ 尤指政府担保的股票。

“是吗，亲爱的？”

“咱们可以花多少收入呢？”

“全部。”

她丈夫觉得好像浑身的锁链都脱掉一般。他一言不发，高兴得无法形容。

打那以后，他们就再也不守安息日了。这是最初重大的错误行为。每个星期天他们做完早礼拜后，就全部用来想些法子花钱。他们寻欢作乐，一直玩到午夜以后。每次集会，亚历克都要把数百万的钱挥霍到伟大的慈善事业和宗教事业上，萨利也把同样多的钱挥霍到一些最初还能叫得出确切名字的事上，但只是最初如此。后来那些名字就渐渐模糊起来，最后全都以“杂物”称之，完全实在地变得无法说明了。因为萨利在败坏下去。钱百万百万地支出了，使家庭的费用大增，令人非常不安——蜡烛点了不少。亚历克一时也焦虑了。片刻之后她不再焦虑，这一时刻已过去。她现在感到痛苦、悲哀和耻辱，可什么也没说，于是成了一个同谋。萨利去偷别人的蜡烛，抢劫商店。事情总是如此。巨额财富对不惯于拥有它的人而言是一个祸根，它将人的道德彻底腐蚀。这对夫妇贫穷时还能赊购到不少蜡烛，可现在他们——咱们不要去详说了吧。从蜡烛到苹果只有一步之差：萨利逐渐开始偷苹果了，然后是肥皂，然后是枫糖，然后是罐装食品，然后是陶器。人一旦堕落下去，是多么容易越变越坏呀！

与此同时，另外一些情况又成了他们的经济迅速增长过程中的里程碑。那座假想的砖房已被想象的大理石房代替，其复折式屋顶呈方格图案。然后大理石房又消失，被一座更堂皇的房子取代，以此类推。一座座空中楼阁升起，越来越高，越来越宽，越来越好，然后都相继消失。在最近这些不平凡的日子里，我们的梦想家居住于幻想之中，在一个遥远地方的宫殿里，它豪华而宽阔，处于一座枝叶茂盛的山顶上，俯瞰着一个壮丽的景色——溪谷、河流和渐渐远去的小山，它们笼罩在染上色彩的薄雾中。这一切多么幽静，全归两个梦想家所有。宫殿里有不少穿号衣的仆人，有许多来自国内国外大都市的客人，他们声名显赫，有权有势。

这座宫殿非常非常遥远，直向那升起的太阳，远得无可计量，远得十分惊人，在新港，在罗得岛，在上流社会圣地，在美国贵族不可言喻的领地。一般说来，每个安息日做完早礼拜后，他们都要在这豪华的家里度过一段时间，其余时间便去欧洲，或者乘私人快艇到处游玩。他们每周六天居住在参差不齐的湖畔区，过着贫穷可怜、单调乏味的现实生活，第七天便生活在仙境里——这已成了他们的日常安排和习惯。

他们的现实生活仍然一如既往地被严格限制着——单调，勤奋，小心，实际，节俭。他们坚守着小小的长老会，忠诚地为它的利益效劳，全心全意维护其崇高而坚韧不拔的学说。可是在梦想的生活里，他们任凭幻想的吸引，无论这些幻想是什么，不管它们怎么变化。亚历克的幻想并不十分反复无常，也不频繁发生；可萨利的幻想就凌乱不堪了。亚历克在梦想的生活中去美国新教圣公会阵营，因为它有着颇大的官衔。然后为得到蜡烛和炫耀，她又成为高教会派信徒。接着她自然转向罗马，那里有红衣主教和更多的蜡烛。可这些漫游和萨利的比起来不足挂齿。他的梦中生活始终令人兴奋，焕发光彩，由于不断变化，每一部分都显得新奇闪光，无论是宗教方面还是其余方面。他积极投身于宗教事业，为它付出了大量钱财。

福斯特夫妇最初走时，便开始凭着想象挥霍金钱，随着财富的不断增多，挥霍的数量也越来越大，最后实在大得相当惊人了。亚历克每个礼拜日都要建一两所大学，一两座医院，一两间罗顿屋[①]一批小教堂，时而建一座大教堂。有一次萨利不识时机，不太妥当地开玩笑说："那是一个寒冷的日子，她才没有把一船传教士送到中国去，说服那些不善思考的人用二十四开[②]儒教换取假冒的基督教。"这些粗鲁冷酷的话使亚历克大为伤心，她哭着跑开了。这情景也使他难受，在痛苦和耻辱之中为了收回那些刻薄的话，他宁可放弃世间的一切。她一个字也没责怪他，这可让他难过。她也没让他看看自己的行为——本来是应该这样的，唉，看他干出了多少令人气愤的事啊！她宽宏大量，一言不发，却使他立即受到了报复，使他想到自己，使他过去这些年无限兴旺的生活如幽灵一般呈现于眼前，历历在目。他坐在那儿回顾时脸颊发烧，深感羞辱。看看她的生活——多么美好，总是蒸蒸日上；再看看他的生活——多么轻浮，多么自私，多么空虚，多么可耻，充满了卑鄙的虚荣！从不向上，而总是日渐堕落！

他把他俩的经历作了一番比较。他想到自己曾经对她有过挑剔——就是他呀！可他自己还有什么说的呢？当她修建第一座教堂时他在做什么？让一些厌世的大富豪们聚集在扑克俱乐部里，还让他们来玷污自己的宫殿，一坐下就输掉成千上万的钱，自己因此臭名昭著，却还傻头傻脑地以此为荣。当她修建第一所大学时他在做什么？他在败坏自己，和其他一些浪子、富豪们暗地里寻欢作乐，放荡不已，这些人都是金钱上的富翁，品德上的乞丐。当她修建第一座弃儿院时他在做什么？哎呀！当她筹划高尚的"净化妇女道德协会"时他在做什么？唉，是呀，他在做什么！当她和"基督教妇女禁酒联合会"、"短柄小斧妇女会"一

① 一种租给穷人住宿的房屋。

② 开，黄金成色单位，纯金标准为二十四开。

道，势不可挡地迈步向前，横扫大地上致命的酒时，他在做什么？每天醉倒三次。她修建了一百座大教堂，因此在信仰天主教的罗马受到热烈欢迎和祝福，被授予了“金玫瑰”——这是她获得的崇高荣誉——此时他在做什么呢？在蒙特卡洛[1]抢银行。

他停下来，无法再想下去，其余的事让他受不了。他站起身，一个很大的决心快要说出来：他要把自己暗地里的生活告诉她，向她坦白，再也不要过那种阴暗的生活了。他要去把一切告诉她。

他就是这么做的，把一切告诉了她，伏在她的胸前哭泣，呻吟，恳求她原谅。她听后非常震惊，被这一打击弄得不知所措。可他是她的人儿，她的心肝，她眼中的神赐，她一切的一切，所以她原谅了他。她感到他再也不可能完全和过去一样了，知道他只会忏悔，却不会改过自新。然而尽管他已道德败坏、堕落，难道他就不是她的人了吗？不是她特有的人了吗？不是她永远崇拜的偶像了吗？她说她是他的苦工，奴隶，把满怀渴望的心打开接受了他。

［七］

又过了一些时间，在夏日的一个礼拜天下午他们驾着梦中的快艇去海上游览，懒散、舒适地躺在后甲板的天篷下。两人都一言不语，各自陷入沉思。像这样的沉默最近不知不觉越来越多，过去的亲密和热诚在逐渐消失。萨利可怕的坦白产生了影响。亚历克曾极力不去想这件事，但它总萦绕在脑际，因此她优美的梦中生活正受着耻辱和悲伤的毒害。一到礼拜天她便看出来，丈夫正变成一个得意忘形、令人讨厌的东西。她对此无法视而不见，

① 摩纳哥公国城市，世界著名赌城。

不过这些天来每到礼拜日，只要可能她便不再看他。

可她——她自己就毫无瑕疵吗？哎呀，她知道并非如此。她心中也有一个秘密没告诉他，她也做了对他不光彩的事，使她深受痛苦。她打破了双方商定的事，而且没告诉他。由于受到强烈的诱惑她又做起生意来了，为赚钱把全部资产都拿去冒险投资，把国内所有铁路部门、煤炭和钢铁公司都买下来。如今每到安息日她便时刻焦虑着，唯恐偶然说漏了嘴被他发觉。她为自己背信弃义的行为感到难过和懊悔，不禁对他产生同情，看见他陶醉、满足地躺在那儿，毫无疑心，她便满怀内疚。萨利对她有一种彻底而可悲的信任，但她却把一个可能的毁灭性灾难用一根线系着悬挂在他头上——

"嗨，亚历克？"

听到叫声她才突然回过神来，很高兴从那痛苦的思索中挣脱，用充满昔日的温柔语气回答道：

"嗯，亲爱的。"

"你知道吗，亚历克，我认为我们正在犯一个错误——你在犯一个错误。我是指婚姻的事。"她坐起来，体胖如蛙，十分仁慈，似一尊青铜佛像，显出认真的样子。"想想看，已经五年多了。你始终采取同样的对策：我们的经济每提高一步，你总是坚持争取再高五个点。每当认为该为女儿们操办婚事时，你总是看见前面有一个更重要的东西，使我又一次失望。我觉得太难让你中意了。有一天我们会被遗弃的。首先，我们拒绝了牙医和律师。那是正确的，合理的。然后，我们拒绝了银行老板和猪肉商的儿子，这也是正确合理的。然后我们拒绝了国会议员和州长的儿子，我承认那也丝毫不错。然后我们拒绝了参议员和美国副总统的儿子，这也非常正确，那些小小差别绝非一成不变的。然后你又去高攀贵族，我想这一下我们终于成功了——不错，我们要向名流进攻了，吸收某些古老的血统，这血统可敬神圣，成熟悠久，妙不可言，有着一百五十年的历史，并脱去了一个世纪前祖先们咸鳕的气味和皮肤，以后从没被一天的劳动玷污过双手。然后！唉，当然该操办婚姻了。可是不行，从欧洲又来了两位真正的贵族，于是你立即将那两个混血儿抛弃。这太令人泄气了，亚历克！从那以后，你的要求怎样在步步高升啊！你拒绝从男爵要求找两个男爵，再拒绝男爵要求找两个子爵，再从子爵到伯爵，从伯爵到侯爵，从侯爵到公爵。现在，亚历克，该兑现了！你的游戏玩到头了。你已弄到四个公爵要拍卖，他们分属于四个国籍，身体健壮，均系纯种，但全都破产，负债累累。他们出身高贵，不过我们供养得起。好啦，亚历克，别再拖延下去，让女儿的婚姻老是悬而不决：把他们四个全都拿出来，让女儿们去选择！”

亚历克听着对她婚姻策略的指责，一直温和而满意地面带微笑。她眼里呈现出一种愉快的光芒，好像有一件美好的奇事正透过成功窥探着外面。她尽量平静地说：

“萨利，你认为——皇亲怎么样？”

真奇妙呀！可怜的人，他被弄得晕头转向，倒在船的龙骨翼板上面，在猫架上擦破了胫部。他头晕目眩了一阵子，然后爬起来，一瘸一拐地走过去坐在妻子身边，那双模糊的眼睛又大量焕发出昔日对她钦佩和钟爱的光彩。

“的确不错呀！”他热切地说，“亚历克，你真伟大——你是地球上最伟大的女人！我无法把你吃透，你的思想深不可测，我无法掌握。瞧，我还一直以为自己有资格批评你的策略呢。我！唉，如果我停下来想想，也就明白你心中自有办法了。唔，亲爱的，我的宝贝，我简直等不得了，快告诉我吧！”

这女人被奉承得十分高兴，把嘴唇贴近他耳朵，低声说出一位王子的名字。他屏息着，显现出欣喜若狂的样子。

“老天爷！”他说，“太棒了！他有一个赌场，一个坟场，一位主教，一座大教堂——全部是他个人的。他的股票全部是利润百分之五百的金边股票，在欧洲还拥有大量财产。那个坟场是全世界最高级的，只接收自杀的人。是的，先生，免费入场名单一直没办。这个公国里并没多少土地，可已够宽了：坟场内有八百英亩，坟场外有四十二英亩。它是一个主权，这才是主要的，土地算什么，土地多的是，撒哈拉沙漠多得都麻木了似的。”

亚历克容光焕发，高兴万分，说：

“想想看，萨利——那个家族从未与欧洲王室皇族以外的人通婚，我们的孙子孙女们将登上宝座！”

“千真万确，亚历克——还要手持君主的节杖[①]呢，像我拿一把直尺一样自然而若无其事。这太棒了，亚历克。你已找到这样一个女婿了吗？人跑不掉了吧？你选中他不会亏本吧？”

“不会，相信我。他不是一个累赘，他是一个财神。另一位也是如此。”

“他是谁，亚历克？”

“殿下西吉斯蒙德——西格弗里德·劳恩弗德·丁克尔斯皮尔·施瓦茨伯格·布卢沃斯特，他是卡岑亚默世袭的大公爵。”

“哦不！你不是当真的！”

“和我坐在这儿一样真实，我向你发誓。”她回答。

他满怀喜悦，狂喜地把她抱在怀里，说：

“这一切似乎太美妙了，太棒了！德国最古老、最高贵的

① 权位的象征。

君主有三百六十四个，他便是其中之一。当俾斯麦[1]对他们进行调整时，他是少数几个允许保留王室等级的人之一。我知道那个农场，曾去过那儿。它有一条制造绳索的狭长走道，一家生产蜡烛的工厂和一匹马。亚历克，我们为得到他等得太久了，令人心碎，希望一推再推，不过上帝知道我现在高兴了。不但高兴，而且对你感激，我的人儿，这一切都是由你一手操办的呀。婚礼什么时候举行？"

"下周礼拜日。"

"好的。我们要把婚礼办得豪华时髦，因为双方中首要的一方是王室里的人。瞧，我认为只有一种婚姻对于王族才是神圣的，独一无二的：贵贱婚姻[2]。"

"他们为什么要那么称呼，萨利？"

"不知道，但无论如何这是王室的，为王室独有。"

"那么我们要坚持这一点。并且，我要强烈要求如此。要么是贵贱婚姻，要么什么都不是。"

"就这么定了！"萨利说，高兴地擦着双手。"这将是美国空前的一桩婚姻。亚历克，新港的人会不好受的。"

然后他们沉默下来，乘着梦中的翅膀飞向天涯海角，邀请所有戴王冠的人及其家属，并为其提供免费的旅行。

[八]

三天来这对夫妇简直云里雾里，飘飘然了，他们只模模糊糊意识到周围的环境，看一切东西都朦朦胧胧，好像隔着一层面

① 俾斯曼（1815—1898），1871至1890年间任德意志帝国首相，有"铁血首相"之称。

② 指王室、贵族成员与庶民通婚。

纱。他们沉浸在梦想中，常常听不见别人在和他们说话，即便听见了也不明白，回答得颠三倒四，混乱不堪。萨利以重量卖糖浆，以尺码卖糖块，别人买蜡烛他给肥皂。亚历克把猫送进洗衣店，用牛奶洗弄脏的亚麻衣服。人人都感到惊愕不已，咕哝着："福斯特两口子怎么啦？"

整整三天都如此。然后重大的事件出现了！情况发生了令人愉快的转变，四十八小时来亚历克想象中的困境一直在好转。上升，上升，还在上升！超过成本点了。还在上升，上升，上升！已超过成本五点，然后十点，十五点，二十点！在这巨大的投机当中，亚历克现在有了整整二十个点的利润。她想象中的经纪人，正在一个想象中的遥远地方发狂地叫喊着："卖呀！卖呀！看在上帝分上快卖呀！"

她把这辉煌的消息告诉了萨利，他也劝道："卖呀！卖——唔，现在别犯大错了，你已拥有了这个地球！卖，快卖！"可她意志如钢铁般坚强，决心乘胜前进，说哪怕让她去死也要再上升五个点才出手。

这是一个致命的决定。就在第二天出现了历史上有名的股票暴跌，创纪录的暴跌，毁灭性的暴跌——华尔街的经济一落千丈，整个金边股票在五小时内下跌了九十五个点，使大富豪也在鲍厄里[①]街讨起面包来了。亚历克坚定不移，尽量"抗争"着，但她终于收到一个无力偿付的催款通知，想象的经纪人也将她出卖。然后，直到这时她身上的男子气概才消失，女人气占了上风。她搂着丈夫的脖子，哭泣着说：

"都是我的错，别原谅我，我受不了啦。我们成了穷光蛋！穷光蛋，我难过极了。女儿的婚礼再也无法举行。那一切都完蛋

① 这里多廉价饭店和流浪者。

啦，我们现在连牙医的儿子也招不来了。”

萨利的话中带着深深的责备：“我本来恳求你卖的，可你——”他没把话说完，没有勇气再去伤害那颗沮丧、悔恨的心。他产生了一种高尚的想法，说：

“别灰心丧气，我的亚历克，并非全都完蛋了！事实上，我叔父的遗产你一分钱也没拿去投资，只是投资了未实现的期货交易得来的收入。你那无人能比的经济判断力和洞察力使你在期货交易中赚得了不少收入，我们损失的不过是这部分钱而已。高兴起来吧，别再悲伤，我们那三万美元还原封未动呢。现在你已取得了一些经验，想想看往后几年它们会给你怎样的帮助！女儿的婚姻没完蛋，只是推迟了。”

这些话真让人宽慰。亚历克看出它们实在不假，因此受其影响，眼泪不再流了，又兴高采烈、精神振奋起来。她目光炯炯，充满感激，发誓一般举起一只手，预言道：

“此时此地我宣布——”

可她被一个来访的人打断。此人是《萨加莫周报》的编辑和老板。他是偶然到“湖畔镇”来礼节性地看望自己无名的奶奶的，她已经快走到人生尽头。一方面为了办公事，一方面又怀着忧虑来拜访了福斯特夫妇；他们过去四年来专心于别的事情，以致忘了支付应交的六美元订阅费。再没有谁比他更受欢迎了。他也许知道蒂伯雷叔叔的一切情况，他走进坟墓的各种可能。他们当然是不会提问题的，因为那会取消他们的遗产。不过他们可以旁敲侧击，希望以此得到情况。可这个办法不起作用，因为编辑反应迟钝，不知道他们在向他打听情况。不过诡计办不到的事终于被机会办到了。为了说明某个讨论中的事，需要打个比喻，因此编辑说道：

“老天爷，这就和蒂伯雷·福斯特一样难对付！我们都这样说。”

这突如其来的话使福斯特夫妇跳了起来。编辑注意到了，抱歉地说：

“我向你们保证一点恶意也没有。大家只是这样说，不过是开开玩笑，你知道——没别的意思。是你们的亲戚吗？”

萨利心急如火，但极力平静下来，尽量显得满不在乎地回答道：

“我——唔，不认识，只是我们听说过的。”编辑这才感到欣慰，恢复了镇静。萨利又问：“他——他——好吗？”

“他好吗？唉，老天爷，他已到阴间去五年了！”

福斯特夫妇悲哀得发抖，虽然让人觉得那好似天福一般。萨利含糊其词、犹豫不定地说：

“啊，唔，这就是生活，谁也无法逃避——即便是有钱人。”

编辑哈哈笑起来。

“如果你们把蒂伯雷也包括在内，”他说，“那可不适用。他一贫如洗，还是镇上花钱埋的他呢。”

福斯特夫妇呆若木鸡地坐了两分钟，感到惊呆而寒心。然后，萨利脸色苍白，声音微弱地问：

“是真的吗？你知道是真的吗？”

“唔，我想是吧！我是他指定的遗嘱执行人之一呀。他除了一把手推车外什么也没留下，手推车留给了我。连轮子也没有了，毫无用处。不过总是一样东西呀，所以为了妥善处理好此事，我简单为他写了一篇讣告，可却被挤掉了。”

福斯特夫妇并未听——他们痛苦的杯子满得无以复加了，他们低垂着头坐在那儿，除了心中的痛苦外对其他一切全然不知。

一小时后他们仍然低头坐着不动，沉默不语，不知道客人早已离去，然后他们有了动静，疲乏地抬起头面面相觑，显得愁闷、恍惚、茫然。接着他们开始傻里傻气、胡言乱语地说些毫无意义的话，不时话没说完就陷入沉默，好像并不知道，或者不知说到哪里去了。有时他们从沉默中醒悟过来，刹那间模模糊糊地意识到自己头脑中曾想到过什么事。然后他们怀着无言的忧虑和渴望，轻轻抚摸着对方的手，彼此同情和支持着，仿佛在说："我在你身边，不会抛弃你的，咱们一起来承受痛苦吧。什么地方可以得到解脱、忘却一切的，什么地方就会有一座坟墓，可在那儿得到安宁。耐心点吧，不用等多久了。"

他们精神上又在一片黑暗中度过了两年，整日忧思，沉浸在模糊不清的悔恨和悲哀的梦想里，一言不语。然后有一天他们同时都得到了解脱。

临死时，黑暗一时从萨利破灭的心中消失，他说：

"假如我们突然之间得到一大笔不义之财，它便是一个陷阱，毫无益处。它给我们的狂喜只是转瞬即逝的，但我们因此抛弃了甜蜜、简朴、幸福的生活——让别人从我们身上引以为戒吧。"

他静静地躺了一会儿，两眼紧闭。当冷酷的死神悄然降临他心中、意识渐渐从大脑中消失时，他咕哝道：

"金钱给他带去了痛苦，他又向我们报了仇——而我们一点也没伤害他。他满怀这样的愿望：用卑鄙狡猾的手段，声称给我们留下了三万美元，知道我们会极力去使它增加，从而毁坏我们的生活，伤害我们的心。假如他不说给我们任何钱，我们也绝不会想着去使之增加，绝不会受诱惑去投机。一个心地更善良的人是会那样做的，可他毫不宽容，毫不同情，毫不——"

中世纪传奇

1. 秘密泄露

那是一个夜晚。雄伟古老的克卢金斯泰封建城堡笼罩在一片沉寂之中。1222年即将过去。一座座堡塔高耸其间，在最高的堡塔里有一盏灯发出闪烁的微光。那儿正商讨着一个秘密。克卢金斯泰城堡那位年老的君主坐在堂皇富丽的椅子里，表情严厉，凝目沉思。过了一会儿他带着温柔的音调说："我的女儿！"

一位仪态高贵的青年男子从头至脚穿戴着骑士铠甲，这时回答道："说吧，父亲！"

"我的女儿，那个一直困惑着你年轻生命的秘密，现在该告诉你了。我要告诉你一些事情，你知道吗，那个秘密就是从这些事情中产生的。我哥哥乌尔里克是勃兰登堡[①]的一位大公爵。我父亲临终时曾下令说，如果乌尔里克没有生儿子，那么继承权将传给我家，只要我能有一个儿子。此外，万一我们两家都没有儿子而只有女儿，那么继承权传给乌尔里克的女儿，如果她证明是纯洁的，否则就应由我的女儿继承——如果她能有一个无可指责的名声。所以我当时就和你这位年老的母亲热切祈祷着，希望上帝赐给我们一个美好的儿子，但我们的祷告是徒劳的。我们生了

① 勃兰登堡，德意志民主共和国中部城市。

你，我因此绝望了。我眼睁睁地看着那极其可贵的东西从我手中溜掉，那灿烂的美梦化为乌有！而我可是一直满怀希望的啊！但乌尔里克已结婚五年了。他妻子既没生儿子也没生女儿。

“‘可是别灰心，’我说，‘并非一切都完了。’我脑子里忽然闪过一个挽救计划。你是在午夜出生的，只有医生、护士和六个侍女才知道你的性别。因此，我在一小时内就把他们全部吊死了。第二天上午，所有的男爵们都欣喜若狂，因为我们宣布说克卢金斯泰城堡里降生了一个儿子——一个伟大的勃兰登堡的继承人。这个秘密被严加保守着。你婴孩时期都是由姨妈护理的，从那以后我们就什么也不担心了。

“可你长到十岁时，乌尔里克的妻子生了一个女儿。我们感到懊恼，但还是希望他女儿患上麻疹，或内科病，或遭受其他婴孩期的天敌．这样对我们才有利，但结果总令我们失望。她活下来了，并且长得很好——老天爷诅咒她！不过毫无关系。我们是安全的，因为，哈！哈！我们不是有一个儿子吗？我们的儿子不是未来的公爵吗？我们可爱的康拉德，难道不是这样吗？——像你这样一个二十八岁的女人，我的孩子，只有过这么一个名字呀！

“眼下我的哥哥年纪已大了，身体越来越虚弱，国家大事弄得他更加心烦意乱，所以他希望你到他那里去。你实际上已经是一位公爵了，虽然名义上还不是。你的随从都已准备好，今晚你就出发吧。

“现在你好好听着。记住我说的每一个字。德意志有一条和它一样古老的法律。任何女人如果没有在人民面前加冕，就去坐了那个伟大的公爵宝座，哪怕只有片刻，她都必死无疑！所以千万注意我说的话，要装作谦卑一点。坐在那把首相交椅上做出你的判决，那把交椅就在宝座底部。要一直这样，直至你被加冕，安全为止。你的性别是不可能被发现的，不过在这个充满奸诈的人世生活里，我们不得不明智一些，以便尽量使一切事情安全保险。”

“啊，我的父亲！难道我的生活撒了这么久的谎就是为了这个吗？难道我要去骗取我那无辜表妹的权利吗？饶了我吧！父亲，饶了你的孩子吧！”

“什么！鲁莽的女子！我绞尽脑汁想为你创造堂皇的生活，难道这就是你对我的报答吗？你这样像个小孩似的呜呜咽咽，多愁善感，可是绝对不合我性情的！快到公爵那里去吧，当心别毁坏了我的意图！”

这些谈话已经足够了。我们足以能知道，这个性情温柔的姑娘的祷告、恳求和眼泪都是无济于事的。无论它们还是其他任何事情，都打动不了克卢金斯泰那个固执的老君主的心。因此，最后他女儿怀着一颗沉重的心，眼看着城堡大门在她身后关闭，夜里骑马出发了，身边簇拥着由骑士组成的一大批武装陪臣，并跟随着一群勇敢的仆人们。

女儿离开以后，年老的男爵默默不语坐了好一会儿，然后转身对悲哀的妻子说：

“夫人，咱们的事好像进行得相当快呀。自从我把那个精明漂亮的伯爵德茨恩派去找我哥哥的女儿康斯坦丝，让他去完成该死的使命以后，整整三个月过去了。假如他失败了，我们可就会有危险；但假如他真的成功了，那么任何力量都阻止不了我们的女儿成为女公爵，即便她不幸注定永远当不了公爵！”

“我的心里充满了凶兆，不过也许一切都会好的。”

“呸，女人！让那些猫头鹰去叫吧。睡你的觉，梦想着那座勃兰登堡和富丽堂皇的生活吧！”

2. 欢乐与眼泪

在上一章讲述的事情发生六天以后，勃兰登堡公爵领地的首府呈现出一片光辉灿烂的景色。军队举行盛大庆典，光彩夺目。忠实的广大臣民们欢歌笑语，因为年轻的王冠继承人康拉德已经驾临。老公爵心里充满了欢乐，因为康拉德英俊的外表和优雅的举止立即赢得了他的喜爱。一座座宫殿大厅里全是些贵族，他们身着盛装欢迎康拉德。一切看起来都是那么喜气洋洋，康拉德已不再感到惧怕和悲哀，而是觉得舒心惬意了。但在宫殿内一个较远的房间里，却是截然不同的场面。公爵唯一的孩子康斯坦丝小姐站在一扇窗旁。她两眼红肿，满含泪水，孤身一人。不一会儿，她又开始哭泣起来，大声说道：

“那个流氓德茨恩走了，已经逃出公爵的领地！我最初还不相信呢，可是哎呀！这可是千真万确的。我曾经这样爱他，尽管我知道公爵，我的父亲，绝不会让我嫁给他，但我还是敢于去爱他。我曾经爱过他，不过现在我恨他！我对他恨之入骨！唉，我将会有什么灾难呢？我感到迷惘，迷惘，迷惘！我要发疯了！”

3. 情节更加复杂

转眼几个月过去了。人人都称赞年轻的康拉德领导下的政府，颂扬他那聪明机智的判断，宽厚仁慈的裁决，以及他在大政府里表现出的谦虚作风。老公爵不久就把一切事情交给他去处理，自己只是坐在一边，自豪而满意地看着他的继承人坐在首相座位上，发布王国政府的命令。像康拉德这样一位深受众人爱戴、赞扬和尊敬的人，必然是幸福快乐的，这似乎是显而易见的事。可非常奇怪的是，他并不快乐。这是因为他惊愕地发觉公主已经开始爱上他了！世界上其他所有人的爱对他来说都是幸运的，可是这种爱充满了危险！并且，他还看出那快乐的公爵也发现了女儿的感情，而且已经在梦想着一桩婚姻了。这之前，公主的脸上呈现出深深的忧郁，现在每过一天这种忧郁都消失一些。每一天，她的眼神里都焕发出希望的光彩，充满了生气。到后来，那如此苦恼忧虑的面容甚至时而露出了微笑。

康拉德给吓坏了。他狠狠责骂自己屈服于那种本能——在自己初来乍到人生地不熟的时候，去寻求一个和自己同性的人的友谊，因为他那时觉得痛苦，渴望得到只有女人才能给予或感到的同情。现在他开始躲开表妹了。但是这只把事情弄得更糟，他越是躲着她，她越是要去找他，这是十分自然的。他最初觉得惊奇，继而感到震惊。姑娘四处缠着他，到处追他。任何时候、任何地方，无论白天还是夜晚，她都会碰见他。她似乎焦虑万分，心想这当中一定存在着某种秘密。

这种情况不可能永远继续下去吧。世人们全都在谈论这件事。公爵也开始显出迷惑不解的样子。可怜的康拉德简直成了一个幽灵，他感到极度的恐惧和忧伤。有一天，他从附属于画廊的一间隐秘的前屋出来时，迎面碰上了康斯坦丝，她紧紧抓住他的双手大声说道：

“啊，你为什么要躲着我？我做了什么事，说了什么话，使你不再喜欢我了——你确实喜欢过我吧？康拉德，别看不起我，可怜可怜一个痛苦的人好吗？这些话我再也不能、再也不能留在嘴里了，不然它们会要了我的命——我爱你，康拉德！好啦，你一定要看不起我就看不起吧，不过这些话是一定要说出来的！”

康拉德顿时哑口无言。康斯坦丝迟疑了片刻，然后，她误解了他沉默的意思，变得欣喜若狂起来，眼里焕发出喜悦的光彩，猛地伸出双臂抱住他的脖子，说：

“你变温和了！你变温和了！你可以爱我的，你愿意爱我的！啊，说你愿意吧，我的人儿，我崇敬的康拉德！”

康拉德高声叹息着。他的面容变得苍白无血，像白杨一般浑身发抖。片刻之后，他于绝望中把可怜的姑娘猛地推开，大声叫道：

“你并不知道自己在要求什么！那是永远永远也不可能的事！”然后他像个罪犯似的逃跑了，把惊恐万状的公主抛在那里。过了一会儿，她在那儿哭起来，呜咽着，而康拉德此时也在自己房间里哭着，呜咽着。两个人都陷入绝望之中。两个人都看见毁灭在眼睁睁地盯着他们。

又过一会儿，康斯坦丝慢慢站起身，一边走开一边说：

“想想看，就在我以为自己的爱正使他那残酷的心变软时，他却鄙视我的爱！我恨他！他把我踢开——这个男人的确如此，把我像狗一样从他身边踢开了！”

4. 可怕的暴露

时间在流逝。仁慈的公爵的女儿脸上又一次呈现出深深的悲哀，再也看不到她和康拉德在一起了。公爵对此十分伤心。可是随着一周周过去，康拉德的面颊上又有了血色，他眼神里又有了昔日的生气，并以敏锐的、愈见成熟的才智管理着政府。

不久，宫殿周围便传来奇怪的窃窃私语声。这声音越来越大，越传越远。全市的人也都闲聊起这件事来了，它席卷了整个公爵领地。大家私下谈论的话就是：

“康斯坦丝小姐已生下一个孩子了！”

这话传到克卢金斯泰城堡的君主耳里，他兴奋地把插有羽毛的头盔摇了三圈，高声说：

“康拉德公爵万岁！因为，瞧，从今以后王冠必定属于他了！德茨恩干得真好，应该奖赏奖赏这个不错的流氓！”

他到处传播这个消息，整整两天，男爵领地没有一个人不载歌载舞，狂欢痛饮，张灯结彩，庆祝这一重大的事件，没有一个人不感到自豪快乐——而所有开支都是由古老的克卢金斯泰城堡承担的。

5. 可怕的灾难

审判即将到来。勃兰登堡所有的大君主和大男爵们都聚集在公爵宫殿的审判大厅里，连一个可以站着或坐着观看的地方都没有了。康拉德穿着一件紫色貂皮长袍坐在首相交椅上，两边坐着王国的大法官们。老公爵曾坚决要求对他女儿的审判要公正无私，然后他就卧床不起，心碎悲伤。他的生命已经危在旦夕。可怜的康拉德曾恳求过，说考虑到老公爵的生命，他可否不参加审判自己表妹的罪行，以免痛苦，但他的恳求无济于事。

在那些许许多多的人当中，内心最痛苦的莫过于康拉德了。

而心中最高兴的要算他父亲，这个年老的克卢金斯泰城堡的男爵在不让他女儿“康拉德”知道的情况下，悄悄来到了贵族们中间，为自己有了庞大的家产而喜气洋洋。

传令官先作了适当的宣布，然后作了另外一些准备，这时只听可敬的首席法官说："罪人，请站到前面来！"

悲哀的公主起身站到大庭广众面前，没有戴面纱，首席法官继续说道：

"最高贵的小姐，有人在本王国大法官们面前指控并证实，你没举行神圣的婚礼即生下一个孩子，根据我们古老的法律你要被处以死刑，只有一种可能使你免于一死，那便是代理公爵大人在他庄严的审判中愿意替你说句好话。因此注意听着。"

康拉德不情愿地伸出他那支君主节杖，与此同时长袍下那颗女人的心又对受审的犯人产生了深深同情，他的眼里涌出泪水。他张开嘴正要说话，但首席法官急忙说道：

"那儿不行，大人，那儿不行！除了在公爵宝座上外，公爵领地里任何地方做出的判决都是不合法的！"可怜的康拉德心里不禁战栗了一下，他年老的父亲钢铁般的身躯也同样不禁一震。康拉德还没加冕呢——他敢去亵渎那宝座吗？他犹豫不决，因为恐惧脸色都发白了。但这事必须去做。人们已经在惊奇地看着他，再犹豫下去他们就会起疑心了。只见他登上了宝座，接着又伸出君主节杖，说：

"罪人，我现在以君王乌尔里克、勃兰登堡公爵的名义，履行赋予我的神圣职责。注意我说的话。根据本王国古老的法律，你必须说出那另一个罪人并把他交给行刑的人，不然你只有死路一条。抓住这个机会吧——趁可能的时候保住你的性命。快说出你孩子父亲的名字！"

审判大厅里庄严肃穆，鸦雀无声，以至于人们都听得见自己心跳的声音，这时公主慢慢转过身，眼睛里射出仇恨的光来，直直地指着康拉德，说：

"你就是孩子的父亲！"

康拉德顿时惊恐万分，他深信自己灾难临头，无可挽回，毫无希望了，因此心里打了一个寒战，如死神本身带来的寒战一般。究竟还有什么力量能够挽救他呢！要想反驳这个指控，他必须表明他是一个女人，而一个未加冕的女人坐在公爵的宝座上也必死无疑！就在此时，他和自己那个无情的老父亲昏倒在地上。

这个扣人心弦、事关重大的故事结局如何，无论在这里还是其他任何出版物中，无论现在还是将来任何时候，都不会见到了。

事实上，我让我的男主人公（或女主人公）陷入了一个异常封闭的境地，以致我不知道如何使他（或她）再次摆脱困境。因此，我对于整个事情撒手不管了，让那个人去寻求最好的解决办法吧——要不然就待在那儿。我原以为解决那一点点难题是一件轻而易举的事，不过现在看起来却是另一回事。

图书在版编目（CIP）数据

百万英镑 / (美) 马克·吐温 (Mark Twain) 著 ; 刘荣跃译. -- 南京 : 江苏凤凰文艺出版社, 2018.6（2023.9重印）
ISBN 978-7-5594-1876-0

Ⅰ. ①百… Ⅱ. ①马… ②刘… Ⅲ. ①中篇小说－美国－近代 Ⅳ. ①I712.44

中国版本图书馆CIP数据核字(2018)第070536号

书　　名	百万英镑
作　　者	［美］马克·吐温
译　　者	刘荣跃
选题策划	栗子文化
策划编辑	钱　丽
责任编辑	姚　丽
封面设计	刘　军
版式设计	段文婷
出版发行	江苏凤凰文艺出版社
出版社地址	南京市中央路165号，邮编：210009
出版社网址	http://www.jswenyi.com
印　　刷	北京中科印刷有限公司
开　　本	880毫米×1230毫米　1/32
字　　数	169千字
印　　张	7
版　　次	2018年6月第1版，2023年9月第3次印刷
标准书号	ISBN 978-7-5594-1876-0
定　　价	39.80元